德語發音
Einführungskurs in die
入門課
deutsche Aussprache

掃描 QR Code 立即播放全書 MP3 雲端音檔，使用電腦即可下載
https://video.morningstar.com.tw/0170048/0170048.html

謹以此書紀念德文教學滿十年

致謝這段旅程中遇見的每一位學習者及幫助過我的家人和朋友

你們都是我生命裡的貴人

自序	008
前言	009

一 認識德文音標及其發音訣竅　014

1. 母音音標的發音訣竅	016
▶ 聽力題	023
2. 子音音標的發音訣竅	035
▶ 聽力題	042
3. 音節輔音的發音訣竅	063
▶ 知識題	070

二 德文 30 個字母的讀法　074

1. 德文字母必備知識	074
2. 德文 30 個字母的讀法	076
3. 德文字母讀法中出現頻率最高的母音音標	079
4. 在德文和英語中讀法皆相同的字母	082
5. 用電腦和手機輸入德文字母的方式	084
▶ 聽力題	087

三 重音擺放在不同音節時的發音技巧　090

1. 單音節單字	091
2. 多音節單字	092
3. 複習總表：圈起來的為重音音節	095
▶ 聽力題	096

四 判斷母音字母發長音或短音的規則　　108

1. 重音音節的母音字母須發長音的情況　　108
2. 重音音節的母音字母須發短音的情況　　109
   ▸ 知識題　　110

五 德文30個字母單獨出現在單字中的發音　　114

1. 母音字母單獨出現在單字中的發音　　114
   ▸ 知識題　　116
2. 子音字母單獨出現在單字中的發音　　122
   ▸ 知識題　　125
   ▸ 聽力題　　127

六 德文常見字母組合的發音　　139

1. 擔任音節核的母音字母組合　　139
   ▸ 知識題　　140
2. 初學者常讀錯的字首字母組合　　143
   ▸ 聽力題　　145
3. 常見的出現在字尾的字母組合 (非重音音節)　　147
   ▸ 知識題　　148
   ▸ 聽力題　　150
4. 子音字母重複出現的字母組合　　156
   ▸ 聽力題　　157

▸ 知識題	159
5. 不同子音字母湊在一起的字母組合	161
▸ 知識題	163
▸ 聽力題	169
6. 不同子音字母搭配字母 r 出現在母音前面	173
▸ 聽力題	174

七 重音落在特定音節的字首及字尾 178

1. 重音固定落在第二音節的字首	178
▸ 聽力題	179
2. 重音通常落在最後一個音節的字尾	181
▸ 聽力題	183
3. 重音固定落在倒數第二個音節的字尾	185
▸ 聽力題	186

八 拆解單字音節的核心規則 193

1. 子音加母音是最容易拆解的音節	193
2. 單字中間的母音字母可以自成一個音節	194
3. 單字字尾的母音字母不能自成一個音節	194
4. 特定的字母組合不能被分開，如 -ch, -ck, -sch 等	196
5. 單字中若有多個相連子音字母，最後一個子音字母屬下一個音節	196
6. 拆解複合字的音節，應在兩個單字的連接處分開	197
7. 部分特定的字首或字尾可以自成一個音節	201

8. 複合母音（例如：ei, au, eu, äu）須保留在同一個音節中 　　202

九　德文裡初學者必會的外來語單字　　203

1. 字母 c 在外來語單字的發音：[k][ts][tʃ]　　203
2. 字母 g 在外來語單字的發音：[ʒ]　　205
3. 字母 j 在外來語單字的發音：[dʒ]　　205
4. 字母 v 在外來語單字的發音：[v]　　206
5. 字母 y 在外來語單字的發音：[yː][ʏ][j][i]　　207
6. 字母組合 ch 在外來語單字的發音：[ʃ][tʃ][ç][k]　　208
7. 字母組合 aille 在外來語單字的發音是 [aljə]　　210
8. 其他基礎外來語單字　　210

十　德文發音規則複習總表　　211

1. 各母音音標相應的發音規則　　211
2. 各子音音標相應的發音規則　　215

附錄：德文數字　　220
迴響　　224
後記　　226

自序

　　需要花多少時間學德語字母和發音規則呢？現在的 YouTube 上已經可以找到許多相關學習影片，再加上德語的發音極具規則，短短一個小時，刷過三、兩部點擊率最高的教學影片後，多數學習者就能掌握德語發音的要領，然後繼續下一個學習環節：學文法、背單字、看影集、練會話。

　　即便如此，當我撰寫本書時，依舊選擇用細膩的方式介紹德語的發音知識，從每一個音素的發音特色開始，到 30 個字母及特定字母組合的發音規則，再到切音節、判斷重音位置的技巧等。我希望這本書不僅是剛入門德語時第一個小時的學習書，更是學到 A2、B1 程度時依舊可以隨時溫故知新的學習夥伴。

　　若您對於德文發音有任何的疑問，或對於本書有任何指教，惠請透過信箱或 YouTube 影片下方留言區告訴我。

俾斯麥德語
YT 發音課

吳文祺

德文的發音具有極高規律性的特色,學習者只要掌握基本的發音規則,通常三、兩天內就可以準確地拼讀出絕大部分的德文單字,亦可輕易將聽到的發音拼寫成文字,對學習者來說是一大優勢。

比如看到 Fisch 這個德文單字,即使不知道這個單字的意思,但依舊可以憑學過的發音規則,在毫無音標或真人發音的輔助下,判斷出這個單字的發音是 [fɪʃ]。推敲 Fisch 的發音時,須具備以下發音知識:

◆ 字母 f 在母音前後皆發 [f]。(第五單元)
◆ 字母 i 在重音節若發長音,發音是 [i:];若發短音,發音是 [ɪ]。(第五單元)
◆ 字母 i 後方有連續的子音字母 sch,故須發短音 [ɪ]。(第四單元)
◆ 字母組合 sch 出現在單字中的發音固定是 [ʃ]。(第六單元)

由此可見,我們只需有系統地學習發音規則,同時加強練習那些中文、英文裡皆不存在的「音素」的發音技巧,就能在三、兩天內做到「見字即發音」!

本書的三大目標

❶ 系統性介紹德文裡入門必備的發音知識,讓學習者短時間內達成「見字即發音」的學習目標。

❷ 詳述德文音標的發音技巧，讓學習者正確掌握那些中、英語裡皆不存在的音。
❸ 嚴選德文 A1 及 A2 範圍的高頻字彙設計大量主題式練習題，將所學快速與實境接軌。

本書中的音標皆來自 Wiktionary，十分推薦學習者善用這個免費的網路字典，雖然是一個德德字典，但在 Wiktionary 可以查到每一個德文單字的國際音標（英語：International Phonetic Alphabet，縮寫：IPA）及真人發音，對於剛入門的初學者或自學者而言是一大好用的學習資源。每當在 Wiktionary 搜尋一個單字，比如：Taiwan（台灣）（如下頁圖），五大有用的資訊包括：

❶ **單字的詞性**：Taiwan 的詞性是 Substantiv（名詞）
❷ **名詞的性別**：m 代表「陽性名詞（maskulin）」；f 代表「陰性名詞（feminin）」；n 代表「中性名詞（neutral）」，Taiwan 是中性名詞。m, f, n 是註記德文名詞性別的其中一種方式。
❸ **音節的拆解**：Tai·wan 有兩個音節。
❹ **單字的音標**：本書第一單元將介紹各音標的發音技巧，就像小時候學ㄅㄆㄇㄈ。
❺ **真人的發音**：看了音標若還是擔心自己發音不正確，Wiktionary 有提供真人發音，有些單字甚至提供德國德語及奧地利德語的發音。

圖片來源：https://de.wiktionary.org

　　在 Wiktionary 亦可查到每一個名詞的複數，比如搜尋 Vater（爸爸）、Mutter（媽媽）、Kind（小孩），在表格中的 Nominativ 這一列（如下圖），der 代表「陽性名詞」、die 代表「陰性名詞」、das 代表「中性名詞」。Vater 的複數是 Väter、Mutter 的複數是 Mütter、Kind 的複數是 Kinder，der, die, das 是註記德文名詞性別的另一種方式，亦是德文裡的定冠詞，相當於英語的 the。

	Singular	Plural
Nominativ	der Vater	die Väter

	Singular	Plural
Nominativ	die Mutter	die Mütter

	Singular	Plural
Nominativ	das Kind	die Kinder

圖片來源：https://de.wiktionary.org

本書音標出處：Wiktionary

https://de.wiktionary.org/wiki/Wiktionary:Hauptseite

在語言學上，德語被歸類為「多中心語言（plurizentrische Sprache）」，其標準語形式在不同國家擁有獨立且具規範性的變體。當前，德語主要存在於三個國家層級的標準變體：德國標準德語（Bundesdeutsches Hochdeutsch）、奧地利標準德語（Österreichisches Deutsch）及瑞士標準德語（Schweizer Hochdeutsch）。三者在語法層面大致一致，但在詞彙與語音系統方面呈現一定程度的差異。

德國標準德語因其在語言社群中的使用人口最為龐大，加之德國境內具高度覆蓋率的廣播與電視傳媒，故在國際間具有較強的影響力。也因此，全球多數以德語為外語之教學機構，傾向採用「德國變體」作為教學依據。開放式語言資源平台（如 Wiktionary）所標示之音標與發音範例，也多以此變體為準。

然而，即使是德國境內，南北方的發音也有差異。舉例而言，來自巴伐利亞與北德地區的新聞主播，其語音表現即具有地域特徵上的差異。同理，奧地利與瑞士的新聞從業者在使用標準德語時，也展現出各自本地化的發音方式。儘管如此，這些地區性變體皆屬於標準德語的可接受範疇，並獲語言學界認可。

因此，若將某一種特定的發音方式（例如「德國變體」）視為唯一「正確」或「純正」的標準德語，而將其他地區的發音視為受方言影響的偏差，這樣的觀點未免過於簡化，也忽略了德語作為多中心語言的真實面貌。事實上，標準德語的發音在不同地區展現出多樣化的特徵，每一種變體在其本地語境中都具備規範性與代表性。語言學界也普遍認可這些區域性的標準發音，並尊重各地所建立的語音權威。

目前國際間廣泛用於教學的「德語標準發音」，主要依據由 Max Mangold 編纂的《杜登德語發音詞典》（Duden-Aussprachewörterbuch）。Max Mangold 是一位瑞士－德國籍的語言學家與語音學家，曾為多本發音詞典撰寫語音標註，其中最具代表性的便是《杜登德語發音詞典》。1953 至 1954 年韓戰期間，他擔任聯合國口譯員，翻譯語言涵蓋德語、法語、英語、俄語、波蘭語、捷克語、斯洛伐克語、瑞典語及中文。1957 年，他獲聘為德國薩爾蘭大學（德語：Universität des Saarlandes）語音學正教授。

本書致力於循序漸進、按部就班地介紹「德國標準德語（Bundesdeutsches Hochdeutsch）」的發音規則，將一鍋德文發音知識分炒成適量的小菜碟料理，並細緻規劃學習者的享用順序，提升吸收效率及學習樂趣。

一 認識德文音標及其發音訣竅

小時候，當我們學完ㄅㄆㄇㄈ之後，我們就能看著這些注音符號，讀出所有的中文字。在這個單元，當我們學完德文裡的音標之後，我們也能看著這些音標，讀出德文單字。

德文是一種拼寫與發音高度一致的語言，因此學德文發音時，無須像英語那樣，需要依賴音標才能有把握地唸出一個單字的發音。學德文發音時，只要掌握字母與發音之間的對應規則，再加上大量聆聽模仿，大部分學習者都能在毫無音標或真人發音的輔助下，正確讀出大部分的德文單字。

母音音標 20 個	子音音標 25 個	音節輔音 3 個
由箭頭串聯的每一對音標皆為「長短音對立」的成對音，這種音長差異在語音中能夠改變單字的意思，比如 Miete(租金) 和 Mitte(中心) 用注音標示發音都是ㄇㄧ+ㄊㄜ‥，但其音標是 ['miːtə] 及 ['mɪtə]。	由箭頭串聯的每一對音標皆為「清濁對立」的成對音，它們的發音位置與方式相同，主要差異在於聲帶是否有振動。並非所有子音音標都有清濁成對現象。	在一般情況下，一個音節的中心通常是一個母音，但在某些語音環境下，比如快速的語流當中，母音被省略或弱化時，特定的子音自己就能構成一個音節，不需要母音輔助，成為所謂的「音節輔音」。

一 | 認識德文音標及其發音訣竅

母音音標 20 個		子音音標 25 個		音節輔音 3 個
單母音		有聲子音 （濁音）	無聲子音 （清音）	
長母音	短母音			
[aː] ⟷	[a]	[b] ⟷	[p]	[l̩]
[ɛː] ⟷	[ɛ]	[d] ⟷	[t]	[m̩]
[eː]		[v] ⟷	[f]	[n̩]
[øː] ⟷	[œ]	[g] ⟷	[k]	
[oː] ⟷	[ɔ]	[z] ⟷	[s]	
[iː] ⟷	[ɪ]	[ʒ] ⟷	[ʃ]	
[uː] ⟷	[ʊ]	[d͡ʒ] ⟷	[t͡ʃ]	
[yː] ⟷	[ʏ]	[j]		
	[ə]	[l]		
	[ɐ]	[m]		
雙母音		[n]		
[aɪ̯]		[ŋ]		
[aʊ̯]		[ʁ]		
[ɔɪ̯]			[h]	
			[t͡s]	
			[ç]	
			[x]	
			[ʔ]	

015

1. 母音音標的發音訣竅 ▶MP3 1-01

◆ 音標中若出現 [ː]，代表 [ː] 左邊的音必須發長音，若音標中無 [ː]，該音則發短音。
◆ 長音共同特色：發音時能感受到發音部位的肌肉因出力而略為緊繃。
◆ 短音共同特色：發音時須短促，發音部位的肌肉較為鬆弛。
◆ 德文名詞的第一個字母必須永遠大寫。
◆ 下表中的「單字練習」搭配注音符號輔助，但注音無法顯示長母音及短母音，建議聆聽音檔揣摩。

單母音音標		
音標	發音訣竅	單字練習
❶ [aː]	長母音，發音相當於中文的ㄚˋ，但 [aː] 的嘴巴開口度比中文的ㄚˋ更大。發音時舌頭平放，舌尖自然地碰觸到下排牙齒。在所有德文音素裡，[aː] 和 [a] 的嘴巴開口度最大。	**Gas** [gaːs] 氣體 ㄍㄚˋ＋氣音ㄙ
❷ [a]	短母音，[a] 和 [aː] 的口型和發音完全相同，皆可用中文的ㄚˋ來讀，差別只在 [aː] 是長母音，[a] 是短母音。讀 [a] 時須短促。	**das** [das] 這、這個 ㄉㄚˋ＋氣音ㄙ

一 | 認識德文音標及其發音訣竅

❸	[ɐ]	[ɐ] 這個音和中文的ㄜ・相似，兩者唯一的差別在於 [ɐ] 的嘴巴開口度比ㄜ・更大。[ɐ] 這個音相當於不捲舌的ㄦ・或是發出英語單字 mother 的 er 之後不要捲舌。切記，德文沒有捲舌音！在所有音素裡，[ɐ] 的開口度僅次於 [aː] 和 [a]。	**Mieter** [ˈmiːtɐ] 房客 ㄇ一 + [tɐ]
❹	[ɛː]	長母音，發音相當於中文的ㄝ ヽ。[ɛː] 的尾音不能像注音符號ㄟ的讀法一樣，將尾音滑到一這個音。	**Däne** [ˈdɛːnə] （男性）丹麥人 ㄉㄝ + ㄋㄜ・
❺	[ɛ]	短母音，[ɛ] 和 [ɛː] 的口型和發音完全相同，皆可用中文的ㄝ ヽ 來讀，差別只在 [ɛː] 是長母音，[ɛ] 是短母音。讀 [ɛ] 時須短促。	**Kämme** [ˈkɛmə] 梳子（Kamm 的複數）ㄎㄝ + ㄇㄜ・
❻	[ə]	短母音，這個音等同於中文的ㄜ・及英語單字 about 的 a 的發音，舌尖自然地碰觸到下排牙齒。[ə] 只出現在德文單字裡的非重音音節。	**Miete** [ˈmiːtə] 租金 ㄇ一 + ㄊㄜ・
❼	[oː]	長母音，發音相當於中文的ㄛ ヽ，但讀 [oː] 時，雙唇比中文的ㄛ ヽ 更加往前伸，形成圓唇的形狀，舌尖不會碰觸到下排牙齒。[oː] 的尾音不能像讀「歐 (ōu)」一樣，將尾音滑到ㄨ這個音。	**Boot** [boːt] 小船 ㄅㄛ ヽ + 氣音ㄊ

❽	[ɔ]	短母音，一樣可以用中文的ㄛ、來發音，但 [ɔ] 的嘴巴開口度比 [oː] 略大。讀 [ɔ] 時須短促。	**Bock** [bɔk] 哺乳動物中的雄性動物 ㄅㄛ、+氣音ㄎ
❾	[eː]	長母音，這個音和中文的ㄝ、相似，但 [eː] 的嘴巴開口度比ㄝ、更小。[eː] 相當於英語單字 day 去掉 d 和 y 的發音，但發音時須將左右兩邊的嘴角稍微向外拉開，舌尖自然地抵住下門齒後方。[eː] 的尾音絕對不能滑到ㄧ這個音。	**Beet** [beːt] 苗床 [beː]+氣音ㄊ
❿	[øː]	長母音，中文裡並沒有相同或相似的音。由於 [øː] 是 [eː] 的圓唇音，因此發出 [eː] 之後，只須再將雙唇向外突出形成圓唇，其餘的口腔部位皆不改變，發出來的音就是 [øː] 了。[øː] 的舌形及嘴巴開口度和 [eː] 完全相同，唯一的差別只在是否圓唇。	**Höfe** [ˈhøːfə] 庭院 （Hof 的複數） [ˈhøː]+ㄈㄜ・
⓫	[œ]	短母音，中文裡並沒有相同或相似的音。由於 [œ] 是 [ɛ] 的圓唇音，因此發出 [ɛ] 之後，只須再將雙唇向外突出形成圓唇，其餘的口腔部位皆不改變，發出來的音就是 [œ] 了。[œ] 的舌形及嘴巴開口度和 [ɛ] 完全相同，唯一的差別只在是否圓唇。[œ] 和 [øː] 這兩個音極像，差別只在 [œ] 的嘴巴開口度比 [øː] 略大。讀 [œ] 時須短促。	**Hölle** [ˈhœlə] 地獄 [ˈhœ] +ㄌㄜ・

❶❷	[iː]	長母音，發音相當於中文的ー、。發音時須將左右兩邊的嘴角稍微向外拉開，舌尖自然地抵住下門牙後方。在所有德文音素裡，[iː] 的嘴巴開口度最小，舌面最靠近硬顎但不貼住。	**Miete** [ˈmiːtə] 租金 ㄇㄧ + ㄊㄜ·
❶❸	[ɪ]	短母音，一樣可以用中文的ー、來發音，但 [ɪ] 的嘴巴開口度比 [iː] 略大。讀 [ɪ] 時須短促，舌面比 [iː] 更遠離硬顎。	**Mitte** [ˈmɪtə] 中間、中心 ㄇㄧ + ㄊㄜ·
❶❹	[uː]	長母音，發音相當於中文的ㄨ、，但讀 [uː] 時，雙唇比中文的ㄨ、更加往前伸，形成圓唇的形狀，舌尖不會碰觸到下排牙齒。	**Bub** [buːp] 男孩 ㄅㄨ丶 + 氣音ㄆ
❶❺	[ʊ]	短母音，一樣可以用中文的ㄨ、來發音，但 [ʊ] 的嘴巴開口度比 [uː] 略大。讀 [ʊ] 時須短促。	**Bus** [bʊs] 公車 ㄅㄨ丶+ 氣音ㄙ
❶❻	[yː]	長母音，發音相當於中文的ㄩ、，但讀 [yː] 時，雙唇比中文的ㄩ、更加往前伸，形成圓唇的形狀。[yː] 的舌位和 [iː] 完全相同，兩者的唯一差別只在是否圓唇，因此 [yː] 是 [iː] 的圓唇音。[iː] 和 [yː] 這兩個音在中文裡都有，因此這兩個音不會讓學習者練到「抑 [iː] 鬱 [yː]」。	**Hüte** [ˈhyːtə] 帽子 （Hut 的複數） ㄏㄩ + ㄊㄜ·

	音標	發音訣竅	單字練習
⓱	[ʏ]	短母音。[ʏ] 這個音和中文的ㄩˋ相似，但 [ʏ] 是短音，發音時須短促，舌面比 [y:] 更遠離硬顎，嘴巴開口度比 [y:] 略大，這導致 [ʏ] 聽起來已經不像ㄩˋ，反倒更像 [ø:]，但 [ʏ] 的嘴巴開口度比 [ø:] 更小。	**Hütte** ['hʏtə] 小屋 ['hʏ] + ㄊㄜ˙

雙母音音標			
	音標	發音訣竅	單字練習
❶	[aɪ̯]	發音相當於中文的ㄞˋ及英語單字 I。[aɪ̯] 由 [a] 和 [ɪ] 組合而成，發音時要將 [a] 和 [ɪ] 合成一個音，不能拆開成兩個音變成「阿 [a] 姨 [ɪ]」。	**heiß** [haɪ̯s] 熱的 ㄏㄞˋ + 氣音ㄙ
❷	[aʊ̯]	發音相當於中文的ㄠˋ及英語單字 shout 的 ou。[aʊ̯] 由 [a] 和 [ʊ] 組合而成，發音時要將 [a] 和 [ʊ] 合成一個音，不能拆開成兩個音。	**Haus** [haʊ̯s] 房子 ㄏㄠˋ + 氣音ㄙ
❸	[ɔɪ̯]	發音相當於中文的ㄛˋ+ㄧ˙及英語單字 boy 的 oy。[ɔɪ̯] 由 [ɔ] 和 [ɪ] 組合而成，發音時要將 [ɔ] 和 [ɪ] 合成一個音，不能拆開成兩個音。	**Heu** [hɔɪ̯] 乾草 ㄏㄛˋ + ㄧ˙

* [aɪ̯][aʊ̯][ɔɪ̯] 音標下方的半弧形是連音符號，代表發音時要滑順地將兩個母音音標連在一起唸。

📝 母音舌位圖

	前				央		後	
	不圓唇		圓唇		不圓唇		圓唇	
	短	長	短	長	短	長	短	長
閉	–	⑫[iː]	–	⑯[yː]	–	–	–	⑭[uː]
次閉	⑬[ɪ]	–	⑰[ʏ]	–	–	–	⑮[ʊ]	–
半閉	–	⑨[eː]	–	⑩[øː]	–	–	–	⑦[oː]
中	–	–	–	–	⑥[ə]	–	–	–
半開	⑤[ɛ]	④[ɛː]	⑪[œ]	–	–	–	⑧[ɔ]	–
次開	–	–	–	–	③[ɐ]	–	–	–
開	–	–	–	–	②[a]	①[aː]	–	–

◆ 上表中的每一個母音音標根據以下三個特色進行分類，學術界以這些特色為每一個母音音標命名。比如：[yː] 被稱為「閉前圓唇元音」；[ɔ] 被稱為「半開·後·圓唇·元音」，以此類推。

❶ 嘴巴開口度的大小：在表格最左側的一欄標示每一個母音音標的嘴巴開口度的大小，開口度從最小到最大分為：閉、次閉、半閉、中、半開、次開、開。[iː][yː][uː] 這三個音的嘴巴開口度最小，發音時舌面最靠近上顎；[aː][a] 的嘴巴開口度最大，發音時舌面最遠離上顎。長音母音（如 [iː]、[eː]、[oː]、[uː]）通常比其對應的短音母音（如 [ɪ]、[ɛ]、[ɔ]、[ʊ]）嘴型更封閉，這表示發長音母音時，舌頭的位置比較高（靠近口腔頂部），嘴巴張得比較小。

❷ 舌頭的位置：在表格最上方的一列標示前、央、後，此為讀每一個母音音標時，舌頭在口腔中的前後位置，分為前母音、央母音和後母音。發前母音如 [iː][ɪ][eː][ɛ][yː][ʏ][øː] 等音標時，舌頭向前抬高，舌尖通常自然地靠近下排齒。發後母音如 [uː][ʊ][oː][ɔ] 時，舌頭向後抬高，舌尖則可能略為遠離下排齒。

❸ 圓唇或不圓唇：德文裡所有須圓唇的音，發音時須比中文更噘起雙唇。

　　不少德文學習者最初聽 [eː] 這個音時，總認為 [eː] 和中文的「意」是同一個音。這其實是一個語音學上已被發現且有趣的現象：「外語學習者初次接觸母語中不存在的音素時，潛意識往往會將該音素與母語中最相似的音進行比對，並自動歸類為相同的音。」中文有 [iː] 和 [ɛː]，但缺乏嘴巴開口度介於 [iː] 和 [ɛː] 之間的音素，而 [eː] 的嘴巴開口度介於 [iː] 和 [ɛː] 之間，導致多數中文母語者初聽 [eː] 時會自動將其和 [iː] 或 [ɛː] 歸類為相同的音。若現在尚無法聽出 [iː][eː] 或 [ɛː][eː] 的差別，別擔心，透過大量聆聽、模仿與對照訓練，大多數學習者最終都能建立起對這些音素的辨識力，大腦會逐漸調整原有的語音分類系統並重新劃分，接納那些原本母語中不存在的外語音。

　　練習以下題目時，建議專注於聆聽每一個音標符號所代表的發音即可，無須特別去記每一個音標所對應的德文字母，因為這些知識將會在後續章節學到。

一、認識德文音標及其發音訣竅

 聽力題 ▶MP3 1-02

請聆聽音檔，並判斷單字的母音字母是發長音 [aː] 還是短音 [a]？請圈出正確答案。

測驗知識點

[aː] [a]

❶	[aː]　[a]	**Bad**	浴室	[baːt]
❷	[aː]　[a]	**Blatt**	葉子	[blat]
❸	[aː]　[a]	**da**	在那裡	[daː]
❹	[aː]　[a]	**das**	這、這個	[das]
❺	[aː]　[a]	**Gas**	氣體	[gaːs]
❻	[aː]　[a]	**Gast**	客人	[gast]
❼	[aː]　[a]	**Tat**	行為	[taːt]
❽	[aː]　[a]	**Takt**	節拍	[takt]
❾	[aː]　[a]	**nah**	近的	[naː]
❿	[aː]　[a]	**nass**	潮濕的	[nas]

023

聽力題 ▶MP3 1-03

測驗知識點

[ɛː] [ɛ]

請聆聽音檔,並判斷單字的第一個音節的母音字母是發長音 [ɛː] 還是短音 [ɛ]?請圈出正確答案。

❶	[ɛː]	[ɛ]	Käse	乳酪	['kɛːzə]
❷	[ɛː]	[ɛ]	Kämme	梳子(Kamm 的複數)	['kɛmə]
❸	[ɛː]	[ɛ]	Däne	丹麥人(男性)	['dɛːnə]
❹	[ɛː]	[ɛ]	Bett	床	[bɛt]
❺	[ɛː]	[ɛ]	wählen	選擇	['vɛːlən]
❻	[ɛː]	[ɛ]	Welle	波浪	['vɛlə]
❼	[ɛː]	[ɛ]	nähen	縫	['nɛːən]
❽	[ɛː]	[ɛ]	nett	友善的	[nɛt]
❾	[ɛː]	[ɛ]	mähen	割(草)	['mɛːən]
❿	[ɛː]	[ɛ]	Mette	(宗教)晨禱;夜禱	['mɛtə]

一 | 認識德文音標及其發音訣竅

聽力題 ▶MP3 1-04

請聆聽音檔，並判斷單字的第一個音節的母音字母是發長音 [ɛː] 還是長音 [eː]？請圈出正確答案。

測驗知識點
[ɛː]　[eː]

❶	[ɛː]　[eː]	lähmen	使癱瘓	['lɛːmən]
❷	[ɛː]　[eː]	leben	生活	[ˈleːbn̩]
❸	[ɛː]　[eː]	nähen	縫	[ˈnɛːən]
❹	[ɛː]　[eː]	nehmen	拿；搭乘	[ˈneːmən]
❺	[ɛː]　[eː]	mähen	割（草）	[ˈmɛːən]
❻	[ɛː]　[eː]	mehlen	（烹飪）撒上麵粉	[ˈmeːlən]
❼	[ɛː]　[eː]	wählen	選擇	[ˈvɛːlən]
❽	[ɛː]　[eː]	wehen	（風）吹	[ˈveːən]

025

❾	[ɛː]	[eː]	gähnen	打哈欠	[ˈgɛːnən]
❿	[ɛː]	[eː]	geben	給	[ˈgeːbn̩]
⓫	[ɛː]	[eː]	Däne	(男性)丹麥人	[ˈdɛːnə]
⓬	[ɛː]	[eː]	Beet	苗床	[beːt]

— | 認識德文音標及其發音訣竅

聽力題 ▶MP3 1-05

測驗知識點

[ɐ] [ə]

請聆聽音檔,並判斷單字的尾音是發 [ɐ] 還是 [ə]?請圈出正確答案。

❶	[ɐ] [ə]	Miete	租金	['miːtə]
❷	[ɐ] [ə]	Mieter	房客	['miːtɐ]
❸	[ɐ] [ə]	Messe	博覽會	['mɛsə]
❹	[ɐ] [ə]	Messer	刀	['mɛsɐ]
❺	[ɐ] [ə]	Wette	(打)賭	['vɛtə]
❻	[ɐ] [ə]	Wetter	天氣	['vɛtɐ]
❼	[ɐ] [ə]	leise	小聲的	['laɪ̯zə]
❽	[ɐ] [ə]	leiser	更小聲的	['laɪ̯zɐ]
❾	[ɐ] [ə]	müde	累的	['myːdə]
❿	[ɐ] [ə]	müder	更累的	['myːdɐ]

027

聽力題

測驗知識點

[oː] [ɔ]

請聆聽音檔，並判斷單字的第一個音節的母音字母是發長音 [oː] 還是短音 [ɔ]？請圈出正確答案。

❶	[oː]	[ɔ]	offen	敞開的；坦率的	[ˈɔfn̩]
❷	[oː]	[ɔ]	Ofen	爐子	[ˈoːfn̩]
❸	[oː]	[ɔ]	Bock	哺乳動物中的雄性動物	[bɔk]
❹	[oː]	[ɔ]	Boot	小船	[boːt]
❺	[oː]	[ɔ]	Loft	(挑高)公寓	[lɔft]
❻	[oː]	[ɔ]	Lob	讚美	[loːp]
❼	[oː]	[ɔ]	Post	郵政機構；郵局	[pɔst]
❽	[oː]	[ɔ]	Po	屁股	[poː]
❾	[oː]	[ɔ]	Klotz	木塊	[klɔts]
❿	[oː]	[ɔ]	Klo	廁所	[kloː]

028

一 | 認識德文音標及其發音訣竅

 聽力題 ▶MP3 1-07

| 測驗知識點 |

[øː] [œ]

請聆聽音檔,並判斷單字的第一個音節的母音字母是發長音 [øː] 還是短音 [œ]?請圈出正確答案。

❶	[øː]	[œ]	Höfe	庭院(Hof 的複數)	[ˈhøːfə]
❷	[øː]	[œ]	Hölle	地獄	[ˈhœlə]
❸	[øː]	[œ]	König	國王	[ˈkøːnɪk]
❹	[øː]	[œ]	können	能夠	[ˈkœnən]
❺	[øː]	[œ]	lösen	解決	[ˈløːzn̩]
❻	[øː]	[œ]	löschen	撲滅	[ˈlœʃn̩]
❼	[øː]	[œ]	böse	(道德)壞的	[ˈbøːzə]
❽	[øː]	[œ]	Böller	爆竹、鞭炮	[ˈbœlɐ]

029

聽力題 ▶MP3 1-08

測驗知識點
[iː] [ɪ]

請聆聽音檔，並判斷單字的第一個音節的母音字母是發長音 [iː] 還是短音 [ɪ]？請圈出正確答案。

❶	[iː] [ɪ]	tief	深的	[tiːf]
❷	[iː] [ɪ]	Tipp	小建議	[tɪp]
❸	[iː] [ɪ]	Biest	野獸	[biːst]
❹	[iː] [ɪ]	bis	直到	[bɪs]
❺	[iː] [ɪ]	Dieb	小偷	[diːp]
❻	[iː] [ɪ]	dick	胖的	[dɪk]
❼	[iː] [ɪ]	Miete	租金	[ˈmiːtə]
❽	[iː] [ɪ]	Mitte	中間、中心	[ˈmɪtə]
❾	[iː] [ɪ]	wie	如何	[viː]
❿	[iː] [ɪ]	Witz	玩笑	[vɪts]

聽力題 ▶MP3 1-09

測驗知識點
[uː]　[ʊ]

請聆聽音檔,並判斷單字的母音字母是發長音 [uː] 還是短音 [ʊ]?請圈出正確答案。

❶	[uː]　[ʊ]	**Flug**	飛行	[fluːk]
❷	[uː]　[ʊ]	**Fluss**	河流	[flʊs]
❸	[uː]　[ʊ]	**Bub**	男孩	[buːp]
❹	[uː]　[ʊ]	**Bus**	公車	[bʊs]
❺	[uː]　[ʊ]	**du**	你	[duː]
❻	[uː]　[ʊ]	**Duft**	香氣	[dʊft]
❼	[uː]　[ʊ]	**Kuh**	母牛	[kuː]
❽	[uː]　[ʊ]	**Kuss**	親吻	[kʊs]
❾	[uː]　[ʊ]	**Fuß**	腳	[fuːs]
❿	[uː]　[ʊ]	**Fuchs**	狐狸	[fʊks]

031

聽力題

請聆聽音檔，並判斷單字的第一個音節的母音字母是發長音 [yː] 還是短音 [ʏ]？請圈出正確答案。

測驗知識點
[yː]　[ʏ]

❶	[yː]　[ʏ]	Hüte	帽子 (Hut 的複數)	[ˈhyːtə]
❷	[yː]　[ʏ]	Hütte	小屋	[ˈhʏtə]
❸	[yː]　[ʏ]	müde	累的	[ˈmyːdə]
❹	[yː]　[ʏ]	müssen	必須	[ˈmʏsn̩]
❺	[yː]　[ʏ]	fühlen	感覺到	[ˈfyːlən]
❻	[yː]　[ʏ]	füllen	裝滿	[ˈfʏlən]
❼	[yː]　[ʏ]	Mühe	辛勞	[ˈmyːə]
❽	[yː]　[ʏ]	Mütze	帽子	[ˈmʏtsə]
❾	[yː]　[ʏ]	glühen	發熱	[ˈglyːən]
❿	[yː]　[ʏ]	Glück	幸福；幸運	[glʏk]

一 | 認識德文音標及其發音訣竅

聽力題 ▶MP3 1-11

測驗知識點
[aɪ] [aʊ] [ɔɪ]

請聆聽音檔，並判斷單字的雙母音字母是發 [aɪ]、[aʊ] 還是 [ɔɪ]？請圈出正確答案。

❶	[aɪ] [aʊ] [ɔɪ]	Haus	房子	[haʊs]
❷	[aɪ] [aʊ] [ɔɪ]	heiß	熱的	[haɪs]
❸	[aɪ] [aʊ] [ɔɪ]	neu	新的	[nɔɪ]
❹	[aɪ] [aʊ] [ɔɪ]	laut	大聲的	[laʊt]
❺	[aɪ] [aʊ] [ɔɪ]	bei	在(某處)	[baɪ]
❻	[aɪ] [aʊ] [ɔɪ]	Deutsch	德文	[dɔɪtʃ]
❼	[aɪ] [aʊ] [ɔɪ]	blau	藍色的	[blaʊ]
❽	[aɪ] [aʊ] [ɔɪ]	Mais	玉米	[maɪs]

033

⑨	[aɪ̯] [aʊ̯] [ɔɪ̯]	Heu	乾草	[hɔɪ̯ç]
⑩	[aɪ̯] [aʊ̯] [ɔɪ̯]	auf	在…的上面	[aʊ̯f]
⑪	[aɪ̯] [aʊ̯] [ɔɪ̯]	Kleid	連衣裙	[klaɪ̯t]
⑫	[aɪ̯] [aʊ̯] [ɔɪ̯]	euch	你們(受詞)	[ɔɪ̯ç]
⑬	[aɪ̯] [aʊ̯] [ɔɪ̯]	Tschau!	再見！	[tʃaʊ̯]
⑭	[aɪ̯] [aʊ̯] [ɔɪ̯]	Zeit	時間	[tsaɪ̯t]
⑮	[aɪ̯] [aʊ̯] [ɔɪ̯]	feucht	潮濕的	[fɔɪ̯çt]
⑯	[aɪ̯] [aʊ̯] [ɔɪ̯]	Taifun	颱風	[taɪ̯ˈfuːn]

2. 子音音標的發音訣竅 ▶MP3 1-12

◆ 德文名詞的第一個字母必須永遠大寫。
◆ 濁音：即有聲子音，發音時聲帶振動。
◆ 清音：即無聲子音，發音時聲帶不振動，乃氣音。
◆ 發有聲子音時，可以用手輕按喉嚨，能感受到振動。

	音標	發音訣竅	單字練習
❶	[b]	有聲子音，發音同英語 boy 的 b。發音時先自然地閉上雙唇形成阻塞，接著讓氣流衝破雙唇，衝破的同時聲帶振動，產生 [b] 這個爆破音。	**Bau** [baʊ] 建造 ㄅㄠˋ
❷	[p]	無聲子音，發音同英語 cup 的 p。發音方式同 [b]，[p] 和 [b] 皆為爆破音，[p] 和 [b] 的唯一差別只在發 [p] 時聲帶不振動。	**Po** [poː] 屁股 ㄆㄛˋ **Pop** [pɔp] 流行音樂 ㄆㄛˋ＋氣音ㄆ
❸	[d]	有聲子音，發音同英語 day 的 d。發音時舌葉先貼住上齒齦形成阻塞，接著讓氣流衝破阻塞，衝破的同時聲帶振動，產生 [d] 這個爆破音。	**du** [duː] 你 ㄉㄨˋ
❹	[t]	無聲子音，發音同英語 cat 的 t。發音方式同 [d]，[t] 和 [d] 皆為爆破音，[t] 和 [d] 的唯一差別只在發 [t] 時聲帶不振動。	**Tau** [taʊ] 露水 ㄊㄠˋ **Bett** [bɛt] 床 ㄅㄝˋ＋氣音ㄊ

❺	**[v]**	有聲子音，發音同英語 visit 的 v。發音時，上門齒輕輕貼住下唇（內唇），形成縫隙後再不斷送氣，氣流通過唇齒之間的狹窄通道時，聲帶須振動，即可產出 [v]。[v] 和 [f] 的唯一差別只在聲帶是否振動。	**wo** [voː] 在哪裡
❻	**[f]**	無聲子音，發音同英語 from 及 leaf 的 f。[f] 和 [v] 的發音方式相同，兩者皆為摩擦音，唯一差別是發 [v] 時聲帶須振動；發 [f] 時聲帶不振動。[f] 和ㄈ這兩個音不同。ㄈ是由 [f]+ㄜ所組成。	**für** [fyːɐ̯] 為了… ㄈㄩㄟ+不捲舌ㄦ・ **auf** [aʊ̯f] 在…的上面 ㄠㄟ+[f]
❼	**[g]**	有聲子音，發音同英語 good 的 g。發音時，後端的舌面（舌面後）貼住軟顎形成阻塞，接著讓氣流衝破阻塞，衝破的同時聲帶振動，產生 [g] 這個爆破音。	**gut** [guːt] 好的 ㄍㄨㄟ+氣音ㄊ
❽	**[k]**	無聲子音，發音同英語 book 的 k。[k] 和 [g] 的發音方式相同，兩者皆為爆破音，唯一差別是發 [g] 時聲帶要振動；發 [k] 時聲帶不振動。	**Kai** [kaɪ̯] 碼頭 ㄎㄞˋ **Takt** [takt] 節拍 ㄊㄚˋ+氣音ㄎ+氣音ㄊ
❾	**[h]**	無聲子音，發音同英語 home 的 h。發音時嘴巴微張，將氣流從肺部吹出口腔，但聲帶不振動，即可產出 [h]。	**Hai** [haɪ̯] 鯊魚 ㄏㄞˋ

❿	[j]	有聲子音，發音同英語 yes 的 y。發音時，舌面抬高靠近硬顎，但不接觸硬顎，只是非常靠近。嘴唇自然地微開，無須特別圓唇或將雙唇拉平，氣流平滑流過舌面與硬顎間的狹窄空間時，聲帶須振動，此音像中文裡的「一」。	**ja** [jaː] 是、對 ㄧㄚˋ **Boje** [ˈboːjə] 浮標（水面上用來標示位置或區域的漂浮物） ㄅㄛ＋ㄧㄜ·
⓫	[l]	有聲子音，發音時，雙唇及上下門齒微開，舌尖貼住上齒齦，接著聲帶振動，氣流由舌頭的兩側送出口腔，即可產出 [l] 這個音。發 [l] 時，舌尖始終貼住上齒齦，舌面保持平坦，切勿圓唇。[l] 和ㄌ這兩個音不同，ㄌ是由 [l]+ㄜ所組成。	**Lauf** [lau̯f] 跑 ㄌㄠˋ+[f] **Ball** [bal] 球 ㄅㄚˋ+[l]
⓬	[m]	有聲子音。發音時雙唇輕闔，舌頭自然地平放，舌尖自然地貼住下門齒，同時聲帶振動，即可產出 [m] 這個音。發 [m] 時，氣流從鼻腔出來，可以感受到鼻腔振動，故 [m] 為鼻音之一。[m] 和ㄇ這兩個音不同。ㄇ是由 [m]+ㄜ所組成。	**mal** [maːl]（算數）乘 ㄇㄚˋ+[l] **Kamm** [kam] 梳子 ㄎㄚˋ+[m]

⑬	[n]	有聲子音，發音時，雙唇及上下門齒皆微開，舌葉貼住上齒齦形成阻塞的同時，再讓聲帶振動，即可產出 [n] 這個音。發 [n] 時，舌葉始終貼住上齒齦，氣流從鼻腔出來，可以感受到鼻腔振動，故 [n] 為鼻音之一。學術上稱 [n] 為前鼻音，中文也有前鼻音，比如ㄢ是ㄚ+[n]；ㄣ是ㄜ+[n]。[n] 和ㄋ這兩個音不同。ㄋ是由 [n]+ㄜ 所組成。	**nun** [nu:n] 現在 ㄋㄨㄟˋ+[n]
⑭	[ŋ]	有聲子音。發音時，舌尖自然地貼住下門齒，後端的舌面（舌面後）上抬貼住軟顎形成阻塞，再讓聲帶振動即可產出 [ŋ]。發音時，氣流從鼻腔通過，可以感受到鼻腔振動，故 [ŋ] 為鼻音之一。學術上稱 [ŋ] 為後鼻音，中文裡也有後鼻音，比如ㄤ是ㄚ+[ŋ]、ㄥ是ㄜ+[ŋ]。可嘗試將ㄤ和ㄥ的尾音拉長，尾音拉長時，可以感受到後端的舌面上抬貼住軟顎。	**Ding** [dɪŋ] 東西 ㄉㄧㄥˋ
⑮	[z]	有聲子音，發音同英語 zoo 的 z。發音時，雙唇及上下門齒皆微開，舌尖自然地貼住下門齒，舌葉輕輕貼住上齒齦脊（又稱：上牙槽脊，上門齒和硬顎之間），但舌中央留有狹窄通道，接著須大力送氣，氣流通過舌中央的狹窄通道時，聲帶須振動，即可產生 [z]。	**so** [zo:] 如此地

一 | 認識德文音標及其發音訣竅

⑯	[s]	無聲子音，發音同英語 bus 的 s。[s] 和 [z] 的發音方式相同，唯一差別是發 [z] 時聲帶須振動；發 [s] 時聲帶不振動。	**Klasse** ['klasə] 班級 氣音ㄎ＋ㄌㄚ＋ㄙㄜ˙ **Pass** [pas] 護照 ㄆㄚˋ＋氣音ㄙ
⑰	[ts͡]	無聲子音，發音同英語 its 的 ts。發音時，舌頭位置同 [s]，[ts͡] 和 [s] 唯一的差別是，發 [ts͡] 時舌尖須貼住上齒齦形成阻塞，當氣流衝破阻塞時產生 [ts͡]。	**zu** [ts͡uː] ㄘ… ㄘㄨˋ **ganz** [gants͡] 整個的 ㄍㄢˋ＋氣音ㄘ
⑱	[ʃ]	無聲子音，發音同英語 show 的 sh。發音時，雙唇稍微向前伸形成圓唇，舌頭兩側貼住硬顎，舌面靠近硬顎但不貼住，舌面和硬顎之間形成一個狹窄的氣流通道，舌尖不接觸上齒齦。從肺部送氣，氣流通過舌面和硬顎之間的狹窄通道時產生 [ʃ]，此音像用氣音讀「噓」。	**Tisch** [tɪʃ] 桌子 ㄊㄧˋ＋氣音ㄒㄩ
⑲	[ʒ]	有聲子音，發音同英語 pleasure 的 s。發音時，[ʒ] 和 [ʃ] 的口腔構造完全相同，唯一差別是發 [ʃ] 時聲帶不振動，發 [ʒ] 時須較大力送氣，同時聲帶須振動。	**Collage** [kɔ'laːʒə] 拼貼畫 ㄎㄛ˙＋ㄌㄚ＋[ʒə]

039

⓴	[t͡ʃ]	無聲子音，發音同英語 chat 的 ch。發音時，雙唇稍微向前伸形成圓唇，舌頭位置同 [ʃ]，[t͡ʃ] 和 [ʃ] 唯一的差別是，發 [t͡ʃ] 時舌尖須貼住上齒齦形成阻塞，當氣流衝破阻塞時產生 [t͡ʃ]，此音像用氣音讀「區」。	**Matsch** [mat͡ʃ] 爛泥 ㄇㄚˋ+氣音ㄑㄩ
㉑	[d͡ʒ]	有聲子音，發音同英語 jump 的 j。發音時，[d͡ʒ] 和 [t͡ʃ] 的口腔構造完全相同，唯一差別是發 [t͡ʃ] 時聲帶不振動，發 [d͡ʒ] 時須較大力送氣，同時聲帶須振動，此音像中文裡的「居」。	**Job** [d͡ʒɔp] （臨時）工作
㉒	[ç]	無聲子音，發音同英文單字 he 但必須變成氣音。發音時，舌面抬高靠近硬顎，舌面和硬顎之間形成非常窄的縫隙，讓氣流從舌面和硬顎之間輕輕擠出。嘴唇放鬆不出力，不要噘嘴。舌尖自然地碰觸到下排牙齒。	**ich** [ɪç] 我 ㄧˋ+氣音ㄏㄧ
㉓	[x]	無聲子音。發音時，舌後部向上抬起靠近軟顎，但舌中央留有狹窄通道。接著從肺部大力送氣，當氣流通過軟顎處的狹窄通道時會產生摩擦，此摩擦音即為 [x]。嘴唇自然放鬆，不需要噘嘴。此音聽起來像清嗓子時發出的聲音，但聲帶不振動。由於 [x] 是在軟顎處調音，故學術上稱此音為「清軟顎擦音」。	**Buch** [buːx] 書 ㄅㄨˋ+[x]

㉔	[ʁ]	有聲子音。發音時，舌後部向上抬起靠近小舌（軟顎後端那塊小突起），但舌中央留有狹窄通道。接著從肺部大力送氣，送氣的同時聲帶須振動，當氣流通過小舌處的狹窄通道時會產生湍流，亦可稱之為摩擦，此摩擦音即為 [ʁ]。由於 [ʁ] 是在小舌處調音，故學術上稱 [ʁ] 這個音為「濁小舌擦音」。	**Rat** [ʁaːt] 建議
㉕	[ʔ]	無聲子音。發音方式為短暫地閉合聲門、阻斷氣流，隨後再突然釋放氣流，產生一種「小停頓」的效果。原則上 [ʔ] 出現在以母音開頭的音節前，用來清楚地分隔音節，避免產生連音。比如範例單字 beenden 有三個音節（be·en·den），其中第二音節以母音開頭。發音時，音標中的 [ʔ] 用來提醒說話者在 be 和 en 之間要加入一個聲門塞音 [ʔ]，以維持清晰的音節邊界，避免「been·den」這類模糊連音的情況發生。	**beenden** [bəˈʔɛndn̩] 結束 （及物動詞）

練習以下題目時，建議專注於聆聽每一個音標符號所代表的發音即可，無須特別去記每一個音標所對應的德文字母，因為這些知識將會在後續章節學到。

聽力題 ▶MP3 1-13

測驗知識點
[b] [p]

請聆聽音檔，並判斷各單字具有 [b]、[p] 當中的哪一個音。請圈出正確答案。

❶	[b]　[p]	**Bär**	熊	[bɛːɐ̯]
❷	[b]　[p]	**Bahn**	軌道	[baːn]
❸	[b]　[p]	**aber**	但是	[ˈaːbɐ]
❹	[b]　[p]	**Dieb**	小偷	[diːp]
❺	[b]　[p]	**Verbot**	禁止	[fɛɐ̯ˈboːt]
❻	[b]　[p]	**Bibliothek**	圖書館	[biblioˈteːk]

042

❼	[b]　[p]	**Apotheke**	藥店	[apoˈteːkə]
❽	[b]　[p]	**Pfund**	(秤重)磅	[p͡fʊnt]
❾	[b]　[p]	**Bier**	啤酒	[biːɐ̯]
❿	[b]　[p]	**Ergebnis**	結果	[ɛɐ̯ˈgeːpnɪs]
⓫	[b]　[p]	**Erlaubnis**	許可	[ɛɐ̯ˈlaʊ̯pnɪs]
⓬	[b]　[p]	**Panik**	恐慌	[ˈpaːnɪk]

聽力題 ▶MP3 1-14

請聆聽音檔，並判斷各單字具有 [d]、[t] 當中的哪一個音。請圈出正確答案。

測驗知識點
[d] [t]

❶	[d] [t]	Antwort	回答、答覆	[ˈantvɔʀt]
❷	[d] [t]	Dom	主教教堂	[doːm]
❸	[d] [t]	Passwort	密碼	[ˈpasˌvɔʀt]
❹	[d] [t]	Hund	狗	[hʊnt]
❺	[d] [t]	Lied	歌、歌曲	[liːt]
❻	[d] [t]	Theke	（酒館）櫃台桌	[ˈteːkə]
❼	[d] [t]	Tod	死亡	[toːt]
❽	[d] [t]	Bad	浴室	[baːt]

一 | 認識德文音標及其發音訣竅

❾	[d]	[t]	gesund	健康的	[gəˈzʊnt]
❿	[d]	[t]	Katholik	天主教徒	[katoˈliːk]
⓫	[d]	[t]	Geld	錢	[gɛlt]
⓬	[d]	[t]	Kalender	日曆	[kaˈlɛndɐ]

045

聽力題 ▶MP3 1-15

測驗知識點
[v] [f]

請聆聽音檔，並判斷各單字具有 [v]、[f] 當中的哪一個音。請圈出正確答案。

❶	[v] [f]	Ausweis	證件	[ˈaʊsˌvaɪs]
❷	[v] [f]	Kopf	頭	[kɔpf]
❸	[v] [f]	was	什麼	[vas]
❹	[v] [f]	Motiv	動機	[moˈtiːf]
❺	[v] [f]	Pfeffer	胡椒	[ˈpfɛfɐ]
❻	[v] [f]	Topf	鍋	[tɔpf]
❼	[v] [f]	Apfel	蘋果	[ˈapfl̩]
❽	[v] [f]	Physik	物理	[fyˈziːk]

❾	[v]　[f]	etwa	大約	[ˈɛtva]
❿	[v]　[f]	laufen	跑	[ˈlaʊ̯fn̩]
⓫	[v]　[f]	etwas	一些東西	[ˈɛtvas]
⓬	[v]　[f]	Vieh	家畜	[fiː]
⓭	[v]　[f]	wann	什麼時候	[van]
⓮	[v]　[f]	aktiv	積極的	[akˈtiːf]

聽力題 ▶MP3 1-16

測驗知識點

[g] [k]

請聆聽音檔,並判斷各單字具有 [g]、[k] 當中的哪一個音。請圈出正確答案。其中一題是複選題。

❶	[g] [k]	Gott	上帝	[gɔt]
❷	[g] [k]	Ecke	角落	[ˈɛkə]
❸	[g] [k]	Glas	玻璃	[glaːs]
❹	[g] [k]	Bank	銀行	[baŋk]
❺	[g] [k]	genug	足夠的	[gəˈnuːk]
❻	[g] [k]	Zug	火車	[tsuːk]
❼	[g] [k]	knapp	短缺的	[knap]
❽	[g] [k]	gut	好的	[guːt]

認識德文音標及其發音訣竅

❾	[g]	[k]	Knochen	骨	[ˈknɔxn̩]
❿	[g]	[k]	Verlag	出版社	[fɛɐ̯ˈlaːk]
⓫	[g]	[k]	Gesundheit!	請保重！	[gəˈzʊnthaɪ̯t]
⓬	[g]	[k]	Knopf	鈕扣	[knɔp̯f]
⓭	[g]	[k]	Tiger	虎	[ˈtiːɐ̯]
⓮	[g]	[k]	Doku	紀錄片	[ˈdoːku]

聽力題 ▶MP3 1-17

測驗知識點

[h] [j]

請聆聽音檔，並判斷各單字具有 [h]、[j] 當中的哪一個音。請圈出正確答案。

❶	[h]　[j]	ja	是；對	[jaː]
❷	[h]　[j]	Holz	木、木頭	[hɔlts]
❸	[h]　[j]	Yoga	瑜伽	[ˈjoːga]
❹	[h]　[j]	Haut	皮膚	[haʊ̯t]
❺	[h]　[j]	Yacht	遊艇	[jaxt]
❻	[h]　[j]	Heimat	故鄉	[ˈhaɪ̯maːt]
❼	[h]　[j]	Yoghurt	酸奶	[ˈjoːɡʊʁt]
❽	[h]　[j]	Herz	心、心臟	[hɛʁts]
❾	[h]　[j]	Hemd	襯衫	[hɛmt]
❿	[h]　[j]	Jade	玉	[ˈjaːdə]

⑪	[h]	[j]	Herbst	秋天	[hɛʁpst]
⑫	[h]	[j]	Yak	氂牛	[jak]
⑬	[h]	[j]	Herd	灶、爐灶	[hɛʁt]
⑭	[h]	[j]	Japan	日本	[ˈjaːpan]
⑮	[h]	[j]	Hälfte	一半	[ˈhɛlftə]
⑯	[h]	[j]	jäten	除草	[ˈjɛːtn̩]
⑰	[h]	[j]	Hilfe	幫助	[ˈhɪlfə]
⑱	[h]	[j]	Juli	七月	[ˈjuːli]
⑲	[h]	[j]	Juni	六月	[ˈjuːni]
⑳	[h]	[j]	hier	在這裡	[hiːɐ̯]

聽力題 ▶MP3 1-18

測驗知識點

[z] [s] [t͡ʃ]

請聆聽音檔,並判斷各單字具有 [z]、[s]、[t͡ʃ] 當中的哪一個音。請圈出正確答案。

❶	[z] [s] [t͡ʃ]	hassen	討厭	[ˈhasn̩]
❷	[z] [s] [t͡ʃ]	Blase	泡、水泡、氣泡	[ˈblaːzə]
❸	[z] [s] [t͡ʃ]	nutzen	充分利用;有益	[ˈnʊt͡sn̩]
❹	[z] [s] [t͡ʃ]	messen	測量	[ˈmɛsn̩]
❺	[z] [s] [t͡ʃ]	tanzen	跳舞	[ˈtant͡sn̩]
❻	[z] [s] [t͡ʃ]	lösen	解決	[ˈløːzn̩]
❼	[z] [s] [t͡ʃ]	niesen	打噴嚏	[ˈniːzn̩]
❽	[z] [s] [t͡ʃ]	Pause	休息	[ˈpaʊzə]

一 | 認識德文音標及其發音訣竅

⑨	[z] [s] [t͡s]	putzen	將(某物)擦乾淨	[ˈpʊtsn̩]
⑩	[z] [s] [t͡s]	passen	適合	[ˈpasn̩]
⑪	[z] [s] [t͡s]	ganz	整個的	[gant͡s]
⑫	[z] [s] [t͡s]	so	如此地	[zoː]
⑬	[z] [s] [t͡s]	zu	太…；到（某處）	[t͡suː]
⑭	[z] [s] [t͡s]	Gemüse	蔬菜	[gəˈmyːzə]
⑮	[z] [s] [t͡s]	Sonne	太陽	[ˈzɔnə]

053

聽力題 ▶MP3 1-19

測驗知識點
[m] [n] [ŋ]

德文的 [m]、[n]、[ŋ] 都是鼻音，且皆為有聲子音，發音時，皆須在口腔內部形成阻塞，讓氣流從鼻腔通過，形成鼻音。[m] 是靠閉上雙唇形成阻塞；[n] 是靠舌葉貼住上齒齦形成阻塞；[ŋ] 是靠後端的舌面(舌面後)上抬貼住軟顎形成阻塞。請聆聽音檔，並判斷各單字中出現 [m]、[n]、[ŋ] 當中的哪一個音。請圈出正確答案。

❶	[m] [n] [ŋ]	lang	長的	[laŋ]
❷	[m] [n] [ŋ]	Land	國家；鄉下	[lant]
❸	[m] [n] [ŋ]	Ding	東西	[dɪŋ]
❹	[m] [n] [ŋ]	eng	狹窄的	[ɛŋ]
❺	[m] [n] [ŋ]	Ende	結局；盡頭	[ˈɛndə]
❻	[m] [n] [ŋ]	Engel	天使	[ˈɛŋl̩]
❼	[m] [n] [ŋ]	Enkel	男孫	[ˈɛŋkl̩]
❽	[m] [n] [ŋ]	dann	接著、然後	[dan]

❾	[m] [n] [ŋ]	Dank	感謝	[daŋk]
❿	[m] [n] [ŋ]	Danke!	謝謝！	['daŋkə]
⓫	[m] [n] [ŋ]	tun	做	[tuːn]
⓬	[m] [n] [ŋ]	Ton	陶土、黏土	[toːn]
⓭	[m] [n] [ŋ]	Onkel	叔；伯；舅；姑丈	['ɔŋkl̩]
⓮	[m] [n] [ŋ]	denn	因為	[dɛn]
⓯	[m] [n] [ŋ]	Kamm	梳子	[kam]
⓰	[m] [n] [ŋ]	Lamm	羔羊	[lam]
⓱	[m] [n] [ŋ]	an	在…的旁邊	[an]

055

聽力題 ▶MP3 1-20

測驗知識點

[ʃ] [t͡ʃ] [d͡ʒ]

請聆聽音檔，並判斷各單字中出現 [ʃ]、[t͡ʃ]、[d͡ʒ] 當中的哪一個音。請圈出正確答案。

❶	[ʃ] [t͡ʃ] [d͡ʒ]	Fisch	魚	[fɪʃ]
❷	[ʃ] [t͡ʃ] [d͡ʒ]	Jazz	爵士音樂	[d͡ʒɛːs]
❸	[ʃ] [t͡ʃ] [d͡ʒ]	Matsch	爛泥	[mat͡ʃ]
❹	[ʃ] [t͡ʃ] [d͡ʒ]	Schal	圍巾	[ʃaːl]
❺	[ʃ] [t͡ʃ] [d͡ʒ]	Dschunke	中國式帆船	[ˈd͡ʒʊŋkə]
❻	[ʃ] [t͡ʃ] [d͡ʒ]	Tschüss!	再見！	[t͡ʃʏs]
❼	[ʃ] [t͡ʃ] [d͡ʒ]	Jeans	牛仔褲	[d͡ʒiːns]
❽	[ʃ] [t͡ʃ] [d͡ʒ]	Kambodscha	柬埔寨	[kamˈbɔd͡ʒa]

一 | 認識德文音標及其發音訣竅

聽力題 ▶MP3 1-21

測驗知識點

[d͡ʒ] [ʒ]

請聆聽音檔，並判斷各單字中出現 [d͡ʒ]、[ʒ] 當中的哪一個音。請圈出正確答案。

❶	[d͡ʒ] [ʒ]	Job	(臨時)工作	[d͡ʒɔp]
❷	[d͡ʒ] [ʒ]	Collage	拼貼畫	[kɔˈlaːʒə]
❸	[d͡ʒ] [ʒ]	jobben	打工	[ˈd͡ʒɔbn̩]
❹	[d͡ʒ] [ʒ]	Etage	層、樓	[eˈtaːʒə]
❺	[d͡ʒ] [ʒ]	Passagier	乘客	[ˌpasaˈʒiːɐ̯]
❻	[d͡ʒ] [ʒ]	Fidschi	斐濟	[ˈfɪd͡ʒi]
❼	[d͡ʒ] [ʒ]	Ingenieur	(男性)工程師	[ɪnʒeˈni̯øːɐ̯]
❽	[d͡ʒ] [ʒ]	Ingenieurin	(女性)工程師	[ɪnʒeˈni̯øːʀɪn]

057

❾	[dʒ]	[ʒ]	Dschihad	護教聖戰	[dʒiˈhaːt]
❿	[dʒ]	[ʒ]	Reportage	新聞報導	[ʁepɔʁˈtaːʒə]
⓫	[dʒ]	[ʒ]	Orange	橙	[oˈʁaŋʒə]
⓬	[dʒ]	[ʒ]	Dschungel	叢林	[ˈdʒʊŋl̩]
⓭	[dʒ]	[ʒ]	Garage	車庫	[gaˈʁaːʒə]
⓮	[dʒ]	[ʒ]	joggen	慢跑	[ˈdʒɔgn̩]
⓯	[dʒ]	[ʒ]	Bandage	繃帶	[banˈdaːʒə]

聽力題 ▶MP3 1-22

測驗知識點

[ç] [x]

請聆聽音檔,並圈選各單字中出現 [ç] 還是 [x]。

❶	[ç] [x]	Bauch	肚子、腹部	[baʊ̯x]
❷	[ç] [x]	euch	你們 (受詞)	[ɔɪ̯ç]
❸	[ç] [x]	Dach	屋頂	[dax]
❹	[ç] [x]	gleich	相同的	[glaɪ̯ç]
❺	[ç] [x]	hoch	高的	[hoːx]
❻	[ç] [x]	Küche	廚房;菜餚	[ˈkʏçə]
❼	[ç] [x]	Koch	(男性) 廚師	[kɔx]
❽	[ç] [x]	Köchin	(女性) 廚師	[ˈkœçɪn]

059

❾	[ç]	[x]	Bach	溪	[bax]
❿	[ç]	[x]	Licht	燈	[lıçt]
⓫	[ç]	[x]	Fach	(大學裡)專業	[fax]
⓬	[ç]	[x]	leicht	輕的；簡單的	[laıçt]
⓭	[ç]	[x]	Milch	牛奶	[mılç]
⓮	[ç]	[x]	China	中國	[ˈçiːna]

一 | 認識德文音標及其發音訣竅

聽力題 ▶MP3 1-23

測驗知識點
[ç] [x] [ʁ]

請聆聽音檔，並判斷各單字中出現 [ç]、[x]、[ʁ] 當中的哪一個音。請圈出正確答案。

❶	[ç] [x] [ʁ]	buchen	預訂(機票；車票)	[ˈbuːxn̩]
❷	[ç] [x] [ʁ]	führen	領導；帶領	[ˈfyːʁən]
❸	[ç] [x] [ʁ]	Hähnchen	小雞；雞肉	[ˈhɛːnçən]
❹	[ç] [x] [ʁ]	machen	做	[ˈmaxn̩]
❺	[ç] [x] [ʁ]	fahren	駕駛(某物)	[ˈfaːʁən]
❻	[ç] [x] [ʁ]	München	慕尼黑	[ˈmʏnçn̩]
❼	[ç] [x] [ʁ]	kochen	煮；烹飪	[ˈkɔxn̩]
❽	[ç] [x] [ʁ]	hören	聽(某物)	[ˈhøːʁən]

061

❾	[ç]	[x]	[ʁ]	Mädchen	女孩	['mɛːtçən]
❿	[ç]	[x]	[ʁ]	suchen	尋找	['zuːxn̩]
⓫	[ç]	[x]	[ʁ]	Päckchen	小包裹	['pɛkçən]
⓬	[ç]	[x]	[ʁ]	lachen	笑	['laxn̩]
⓭	[ç]	[x]	[ʁ]	lehren	教	['leːʁən]
⓮	[ç]	[x]	[ʁ]	tauchen	潛水	['tau̯xn̩]
⓯	[ç]	[x]	[ʁ]	Kuchen	蛋糕	['kuːxn̩]

3. 音節輔音的發音訣竅 ▶MP3 1-24

想讓自己的德文發音更貼近母語者嗎？別小看 [l̩]、[m̩]、[n̩]，它們可是能讓你的口說「母語感爆棚」的秘密武器。許多學習者在初期學習時忽略了這些音節輔音的存在，但殊不知，真正能讓自己的德文口說更道地的秘訣，就藏在這三個音節輔音當中！

在語音學上，[l̩]、[m̩]、[n̩] 被稱為「音節輔音」，意思是它們本身就能構成一個音節，不像其它子音音標，需要依附母音才能構成音節。在書寫音標時，音節輔音的下方會加上一條小豎線，以標示它們具有音節的功能。需要注意的是，[l̩]、[m̩]、[n̩] 只出現在非重音音節。

在進入實際的單字練習之前，我們先來掌握 [l̩]、[m̩]、[n̩] 的發音技巧，並釐清它們與 [l]、[m]、[n] 在發音上的差異。只有理解這些音節輔音與一般子音的細微不同，才能在後續練習中準確發音，說出更道地、更具母語感的德文。

音標	發音訣竅
❶ [l̩]	[l̩] 是音節化的 [l]，意思是它不需要依附母音，就能獨立構成一個音節。其發音位置與方式與一般的 [l] 完全相同：舌尖貼住上齒齦、聲帶振動、舌面平放，氣流從舌兩側流出，但發 [l̩] 時，音長比 [l] 略為延伸，以利形成音節。

❷	[m̩]	[m̩] 是音節化的 [m]，意思是它不需要依附母音，就能獨立構成一個音節。其發音位置與方式與一般的 [m] 完全相同：雙唇閉合、聲帶振動、氣流經鼻腔流出，但發 [m̩] 時，音長比 [m] 略為延伸，以利形成音節。
❸	[n̩]	[n̩] 是音節化的 [n]，意思是它不需要依附母音，就能獨立構成一個音節。其發音位置與方式與一般的 [n] 完全相同：舌葉貼住上齒齦、聲帶振動、氣流經鼻腔流出，但發 [n̩] 時，音長比 [n] 略為延伸，以利形成音節。

◆ 發 [l̩]、[m̩]、[n̩] 的共同注意事項

❶ 發音時應特別注意，不要在音節輔音前後添加多餘的母音，以避免干擾音節清晰度。

❷ 由於 [l̩]、[m̩]、[n̩] 出現在非重音音節，在快速語流中，其前方的子音經常被弱化、省略或快速帶過。

◆ 發音練習：[l̩] 出現在不同子音音標後

第六單元將介紹：當字母組合 -el 出現在非重音的字尾時，標準發音為 [əl]。但在實際語言使用中，尤其是日常生活中的快速語流裡，母語者往往會將 [ə] 這個音弱化甚至完全省略，而直接將 -el 讀 [l̩]。

一 | 認識德文音標及其發音訣竅

子音音標	範例單字		-el 讀 [əl]	-el 讀 [l̩]	備註
❶ [b]	Kabel	電纜、電線	[ˈkaːbəl]	[ˈkaːbl̩]	
❷ [p]	Ampel	紅綠燈	[ˈampəl]	[ˈampl̩]	
❸ [d]	Nudel	麵	[ˈnuːdəl]	[ˈnuːdl̩]	
❹ [t]	Kapitel	章節	[kaˈpɪtəl]	[kaˈpɪtl̩]	
❺ [v]	—	—	—	—	
❻ [f]	Apfel	蘋果	[ˈap͡fəl]	[ˈap͡fl̩]	
❼ [g]	Kugel	球體；子彈	[ˈkuːgəl]	[ˈkuːgl̩]	
❽ [k]	Deckel	蓋子	[ˈdɛkəl]	[ˈdɛkl̩]	
❾ [z]	Insel	島	[ˈɪnzəl]	[ˈɪnzl̩]	
❿ [s]	Sessel	單人沙發椅	[ˈzɛsəl]	[ˈzɛsl̩]	
⓫ [ʒ]	—	—	—	—	
⓬ [ʃ]	Muschel	貝殼	[ˈmʊʃəl]	[ˈmʊʃl̩]	
⓭ [dʒ]	—	—	—	—	
⓮ [tʃ]	—	—	—	—	
⓯ [j]	—	—	—	—	

065

子音音標	範例單字		-el 讀 [əl]	-el 讀 [l̩]	備註
⑯ [l]	—	—	—	—	
⑰ [m]	Himmel	天空	[ˈhɪməl]	[ˈhɪml̩]	
⑱ [n]	Tunnel	隧道	[ˈtʊnəl]	[ˈtʊnl̩]	
⑲ [ŋ]	Mangel	缺乏	[ˈmaŋəl]	[ˈmaŋl̩]	
⑳ [ʁ]	Barrel	圓桶	[ˈbɛʁəl]	—	不存在 [ʁl̩]
㉑ [h]	—	—	—	—	
㉒ [ʦ]	Rätsel	謎語	[ˈʁɛːʦəl]	[ˈʁɛːʦl̩]	
㉓ [ç]	lächeln	微笑	[ˈlɛçəln]	[ˈlɛçl̩n]	
㉔ [x]	—	—	—	—	

* 例外：Israel 以色列 [ˈɪsʁaɛl] Is·ra·el，重音在第一個音節，字尾 -el 的發音是 [ɛl]。
* 德文裡找不到字尾發音是 [çl̩] 的單字，但有 lächeln 微笑 [ˈlɛçl̩n]。

◆發音練習：[n̩] 出現在不同子音音標後

第六單元將介紹：當字母組合 -en 出現在非重音的字尾時，標準發音為 [ən]，大致相當於中文的輕聲「嗯」。然而在實際語言使用中，特別是在日常快速語流中，母語者往往會將 [ə] 這個音弱化，甚至完全省略，而直接將 -en 讀 [n̩]。

一 認識德文音標及其發音訣竅

子音音標	範例單字		-en 讀 [ən]	-en 讀 [n̩]	備註
❶ [b]	haben	有	[ˈhaːbən]	[ˈhaːbn̩]	
❷ [p]	tippen	打字	[ˈtɪpən]	[ˈtɪpn̩]	
❸ [d]	finden	找到	[ˈfɪndən]	[ˈfɪndn̩]	
❹ [t]	bitten	請求	[ˈbɪtən]	[ˈbɪtn̩]	
❺ [v]	Motiven	動機（Motiv 在 Dativ 的複數）	[ˌmoˈtiːvən]	[ˌmoˈtiːvn̩]	
❻ [f]	laufen	跑	[ˈlaʊ̯fən]	[ˈlaʊ̯fn̩]	
❼ [g]	liegen	（人）躺著；（物）平放	[ˈliːgən]	[ˈliːgn̩]	
❽ [k]	gucken	瞧、看	[ˈgʊkən]	[ˈgʊkn̩]	
❾ [z]	lösen	解決	[ˈløːzən]	[ˈløːzn̩]	
❿ [s]	heißen	名叫…	[ˈhaɪ̯sən]	[ˈhaɪ̯sn̩]	
⓫ [ʒ]	Etagen	層、樓層（Etage 的複數）	[eˈtaːʒən]	[eˈtaːʒn̩]	
⓬ [ʃ]	mischen	混合	[ˈmɪʃən]	[ˈmɪʃn̩]	
⓭ [dʒ]	—	—	—	—	
⓮ [tʃ]	peitschen	鞭打	[ˈpaɪ̯tʃən]	[ˈpaɪ̯tʃn̩]	

子音音標		範例單字		-en 讀 [ən]	-en 讀 [n̩]	備註
⑮	[j]	—	—	—	—	
⑯	[l]	holen	取來、拿來	[ˈhoːlən]	—	不存在 [ln̩]
⑰	[m]	atmen	呼吸	[ˈaːtmən]	—	不存在 [mn̩]
⑱	[n]	weinen	哭	[ˈvaɪ̯nən]	—	不存在 [nn̩]
⑲	[ŋ]	fangen	捕捉	[ˈfaŋən]	—	不存在 [ŋn̩]
⑳	[ʁ]	hören	聽	[ˈhøːʁən]	—	不存在 [ʁn̩]
㉑	[h]	—	—	—	—	
㉒	[t͡s]	pflanzen	種植	[ˈp͡flant͡sən]	[ˈp͡flant͡sn̩]	
㉓	[ç]	Päckchen	小包裹	[ˈpɛkçən]	—	不存在 [çn̩]
㉔	[x]	lachen	笑	[ˈlaxən]	[ˈlaxn̩]	

* [ən] 若出現在母音音標後，比如：bauen 建造 [ˈbaʊ̯ən]，[ən] 出現在 [aʊ̯] 之後，-en 只能讀 [ən]。
* 上表中 Motiven, Etagen, Päckchen 是名詞，故第一個字母須大寫，其餘單字皆為原形動詞。
* [ˈp͡flant͡sən] 中的 [p͡f] 上方的弧形代表要將 [p] 和 [f] 兩個無聲子音滑順地連在一起唸。

◆ 發音練習：[m̩] 出現在不同子音音標後

當字母組合 -ben, -pen, -fen 出現在非重音字尾，-en 除了可以讀 [ən] 和 [n̩]，亦可讀 [m̩]。在這三者當中，[m̩] 反倒是母語者最常讀的發音。當母語者讀 [bm̩] 和 [pm̩] 時，雖然音標裡寫著 [b] 和 [p]，但實際聽起來卻常常是 [b] 和 [p] 幾乎沒了聲音；讀 [fm̩] 時，[f] 也會出現弱化的現象。

	子音音標	範例單字		-en 讀 [ən]	-en 讀 [n̩]	-en 讀 [m̩]
❶	[b]	haben	有	[ˈhaːbən]	[ˈhaːbn̩]	[ˈhaːbm̩]
❷	[p]	tippen	打字	[ˈtɪpən]	[ˈtɪpn̩]	[ˈtɪpm̩]
❸	[f]	laufen	跑	[ˈlau̯fən]	[ˈlau̯fn̩]	[ˈlau̯fm̩]

德文中的子音弱化是口語裡非常自然的語音現象，特別常見於與音節輔音相連的子音音標中。像是字母組合 -ben、-pen、-fen 出現在非重音字尾時，若能自然地讀成 [bm̩]、[pm̩]、[fm̩]，整體發音會更貼近母語者的語流，聽起來更道地！

知識題 ▶MP3 1-25

測驗知識點

[l]　[l̩]

請判斷各單字的尾音是 [l] 還是 [l̩]。請圈出正確答案。

❶	[l]　[l̩]	Öl	油	[øːl]
❷	[l]　[l̩]	Ampel	紅綠燈	[ˈampl̩]
❸	[l]　[l̩]	hell	明亮的	[hɛl]
❹	[l]　[l̩]	Möbel	傢俱	[ˈmøːbl̩]
❺	[l]　[l̩]	Zerfall	倒塌、崩塌	[tsɛɐ̯ˈfal]
❻	[l]　[l̩]	Himmel	天空	[ˈhɪml̩]
❼	[l]　[l̩]	Hotel	旅館、酒店	[hoˈtɛl]
❽	[l]　[l̩]	Löffel	（湯）匙、勺	[ˈlœfl̩]

❾	[l] [l̩]	Mantel	大衣	['mantl̩]
❿	[l] [l̩]	toll	很棒的	[tɔl]
⓫	[l] [l̩]	Unfall	事故	['ʊnfal]
⓬	[l] [l̩]	Fall	事件；墜落	[fal]
⓭	[l] [l̩]	Insel	島	['ɪnzl̩]

知識題 ▶ MP3 1-26

測驗知識點

[n]　[n̩]

請判斷各單字的尾音是 [n] 還是 [n̩]。請圈出正確答案。

❶	[n]　[n̩]	üben	練習	[ˈyːbn̩]
❷	[n]　[n̩]	kein	無…、沒有任何一個…	[kaɪ̯n]
❸	[n]　[n̩]	loben	讚美	[ˈloːbn̩]
❹	[n]　[n̩]	klein	小的	[klaɪ̯n]
❺	[n]　[n̩]	haben	有	[ˈhaːbn̩]
❻	[n]　[n̩]	Medizin	醫學	[mediˈtsiːn]
❼	[n]　[n̩]	kaufen	買	[ˈkaʊ̯fn̩]
❽	[n]　[n̩]	momentan	目前	[momɛnˈtaːn]

一 | 認識德文音標及其發音訣竅

❾	[n]　[n̩]	morgen	明天	[ˈmɔʁɡn̩]
❿	[n]　[n̩]	neben	在…的旁邊	[ˈneːbn̩]
⓫	[n]　[n̩]	dünn	薄的；瘦的	[dʏn]
⓬	[n]　[n̩]	Zahn	牙齒	[t͡saːn]

二 德文 30 個字母的讀法

　　什麼是「字母的讀法」呢？比如，在英語裡，當你看到 a, b, c, d, e 這些字母，你會將這些字母讀成ㄟ、ㄅㄧ、ㄙㄧ、ㄉㄧ、ㄧ，這就是「字母的讀法」。但多數德文字母的讀法和英語不同，不能將英語字母的讀法套用在德文字母上。

1. 德文字母必備知識

❶ 德文共有 30 個字母。最前面的 26 個字母與英文字母的順序及大小寫形式完全相同，此外，德文還有四個特有字母：Ä ä, Ö ö, Ü ü 和 ß ß，這些字母在發音與拼寫上具有獨立功能，構成德文書寫系統的重要部分。

❷ 德文共有 8 個母音字母，分別為 A a, E e, I i, O o, U u 以及帶有變音符號的 Ä ä, Ö ö, Ü ü。其中，Ä ä, Ö ö, Ü ü 被稱為「變母音」，因為是由 A a, O o, U u 這三個「基本母音」變化而來的特殊母音。它們在發音與詞義上都具有獨立的功能，乃德文拼寫中不可或缺的一部分。

❸ 由於 Ä ä, Ö ö, Ü ü 這三個字母都被加了「元音變化符（德文：Umlaut）」，因此德國人也會將 Ä ä 稱為 A-Umlaut；將 Ö ö 稱為 O-Umlaut；將 Ü ü 稱為 U-Umlaut。在某些情況下（例如使用無德文支援的鍵盤或輸入法時），若無法直接輸入變母音 Ä、Ö、Ü，這

時可以分別以 Ae、Oe、Ue 作為正確的替代拼法。然而，隨著科技進步，現今多數電腦與裝置都可以輕鬆安裝德文輸入法，故建議盡可能直接使用變母音，以符合標準拼寫規範。

❹ 起初，字母 ß 只有小寫體。在需要將單字字母「全大寫書寫」的情境中，比如：在護照、身分證、法律文件或海報標題等正式或需要全部大寫的場合，通常會以 SS 取代 ß。2017 年，負責管理德文的世界性機構 - 德文正寫法協會（德文：Rat für deutsche Rechtschreibung，簡稱：RdR）正式納入 ß 的大寫字母 ẞ。

❺ 大寫字母 ẞ 的使用可以幫助避免字義混淆。比如：正式納入大寫字母 ẞ 前，若要將 Maße(尺寸，Maß 的複數) 的全部字母大寫，會以 SS 取代 ß，變成 MASSE，但 MASSE 卻是另一個德文裡已存在的單字，意思「（物理學術語）質量」。為避免字義混淆，德文納入大寫字母 ẞ，從此 Maße 可以被寫成「MAẞE」，以清楚區分「Maße」與「Masse」這兩個單字。

❻ 在 30 個德文字母當中，有 28 個字母的讀法都是單音節。德國人單獨唸單音節的字母或單字時，語調常類似中文的四聲，比如字母 A a 的讀法是ㄚˋ。若字母的讀法是多音節，需特別留意重音位置，比如字母 Y y 的讀法是 [ˈʏpsilɔn]，共三個音節，重音在第一個音節；字母 ß ß 的讀法是 [ɛsˈtsɛt]，共兩個音節，重音在第二個音節。

　　下頁表是德文 30 個字母的總表，包含各字母的大寫體、小寫體及讀法的音標。現在讓我們一起來玩兩個遊戲：

❶ 請瀏覽下表中「德文字母讀法」這欄中的音標，並找出哪一個「母音音標」具有最高的出現頻率？

❷ 請比較下表中「德文字母讀法」及「英語字母讀法」這兩欄的音標，並找出哪些字母在德文和英語中的讀法相同？

2. 德文 30 個字母的讀法 ▶MP3 2-01

	大寫	小寫	德文字母讀法	英語字母讀法
❶	A	a	[aː]	[eɪ]
❷	B	b	[beː]	[biː]
❸	C	c	[t͡seː]	[siː]
❹	D	d	[deː]	[diː]
❺	E	e	[eː]	[iː]
❻	F	f	[ɛf]	[ɛf]
❼	G	g	[geː]	[d͡ʒiː]
❽	H	h	[haː]	[eɪt͡ʃ]

二 | 德文 30 個字母的讀法

	大寫	小寫	德文字母讀法	英語字母讀法
⑨	I	i	[iː]	[aɪ]
⑩	J	j	[jɔt]	[dʒeɪ]
⑪	K	k	[kaː]	[keɪ]
⑫	L	l	[ɛl]	[ɛl]
⑬	M	m	[ɛm]	[ɛm]
⑭	N	n	[ɛn]	[ɛn]
⑮	O	o	[oː]	[oʊ]
⑯	P	p	[peː]	[piː]
⑰	Q	q	[kuː]	[kjuː]
⑱	R	r	[ɛʁ]	[ɑːr]
⑲	S	s	[ɛs]	[ɛs]
⑳	T	t	[teː]	[tiː]
㉑	U	u	[uː]	[juː]

077

	大寫	小寫	德文字母讀法	英語字母讀法
㉒	V	v	[faʊ]	[viː]
㉓	W	w	[veː]	[ˈdʌbljuː]
㉔	X	x	[ɪks]	[ɛks]
㉕	Y	y	[ˈʏpsilɔn]	[waɪ]
㉖	Z	z	[ts͡ɛt]	[ziː]
㉗	Ä	ä	[ɛː]	-
㉘	Ö	ö	[øː]	-
㉙	Ü	ü	[yː]	-
㉚	ß	ß	[ɛsˈts͡ɛt]	-

3. 德文字母讀法中出現頻率最高的母音音標

第 1 名：[ɛ]

	大寫	小寫	德文字母讀法
⑥	F	f	[ɛf]
⑫	L	l	[ɛl]
⑬	M	m	[ɛm]
⑭	N	n	[ɛn]
⑱	R	r	[ɛʁ]
⑲	S	s	[ɛs]
㉖	Z	z	[tsɛt]
㉗	Ä	ä	[ɛː]
㉚	ß	ß	[ɛs'tsɛt]

第2名：[eː]

	大寫	小寫	德文字母讀法
❷	B	b	[beː]
❸	C	c	[t͡seː]
❹	D	d	[deː]
❺	E	e	[eː]
❼	G	g	[geː]
⓰	P	p	[peː]
⓴	T	t	[teː]
㉓	W	w	[veː]

第3名：[aː]

	大寫	小寫	德文字母讀法
❶	A	a	[aː]
❽	H	h	[haː]
⓫	K	k	[kaː]

二 | 德文 30 個字母的讀法

其他

	大寫	小寫	德文字母讀法
❾	I	i	[iː]
❿	J	j	[jɔt]
⓯	O	o	[oː]
⓱	Q	q	[kuː]
㉑	U	u	[uː]
㉒	V	v	[faʊ̯]
㉔	X	x	[ɪks]
㉕	Y	y	[ˈʏpsilɔn]
㉘	Ö	ö	[øː]
㉙	Ü	ü	[yː]

081

4. 在德文和英語中讀法皆相同的字母

	大寫	小寫	德文字母讀法	英語字母讀法
❻	F	f	[ɛf]	[ɛf]
⓬	L	l	[ɛl]	[ɛl]
⓭	M	m	[ɛm]	[ɛm]
⓮	N	n	[ɛn]	[ɛn]
⓳	S	s	[ɛs]	[ɛs]

◆ L、l 在德文和英文裡的讀法都是 [ɛl]，但為什麼聽起來好像不一樣？

其實 [l] 這個音可分為「清晰 L（Light L）」和「濁暗 L（Dark L）」。德文裡的 [l] 統一採用「清晰 L（Light L）」的發音方式；而在英語中，「清晰 L（Light L）」用在母音前；「濁暗 L（Dark L）」用在母音後。

由此可見，即便 L、l 在德文和英文裡的讀法都是 [ɛl]，但讀德文字母 L、l 時，[l] 必須用「清晰 L（Light L）」的發音方式；讀英語字母 L、l 時，[l] 必須用「濁暗 L（Dark L）」的發音方式。然而，絕大多數的學習者皆把英語的發音習慣帶到德文裡，導致讀德文字母 L、l 時，發音不正確。以下是「清晰 L（Light L）」和「濁暗 L（Dark L）」的發音方式：

	清晰 L（Light L）	濁暗 L（Dark L）
發音方式	· 舌尖碰觸上齒齦 · 雙唇及上下門齒微開 · 舌面保持平坦 · 切勿圓唇	· 舌尖碰觸上齒齦 · 雙唇及上下門齒微開 · 舌面略壓低，遠離硬顎 · 舌根或舌後部略抬起，接近軟顎 · 切勿圓唇
共鳴位置	· 口腔前部，聲音較清晰	· 口腔後部，聲音更渾厚
出現時機	· 德文裡的 [l] 統一是 Light L 的發音方式 · 英語裡的 [l] 出現在母音前面時	· 英語裡的 [l] 出現在母音後面時

由上表可見，無論是 Light L 還是 Dark L，發音時舌尖都須接觸上齒齦。不過，Dark L 還會略壓低舌面及抬起舌根或舌頭後部，導致共鳴位置改變，這使得讀英語字母 L, l 時，其尾音聽起來帶有一點類似「ㄜ」的感覺。反觀 Light L，發音時舌面保持平坦，這使得讀德文字母 L, l 時，其尾音聽起來不會有「ㄜ」的感覺。

建議前往 Wiktionary 這個網路字典中搜尋「L」，聆聽德文字母 L、l 的讀法；前往 Cambridge Dictionary 搜尋「L」，聆聽英語字母 L、l 的讀法，並留意 Light L 與 Dark L 在聽覺上的差異。

5. 用電腦和手機輸入德文字母的方式

用手機鍵盤

輸入 Ä ä, Ö ö, Ü ü, ß ß 這些字母時,僅須長按 a, o, u, s 這些字母的按鍵,字母上方就會自動跳出相關的變體字,因此手機、平板等行動裝置無須特別安裝德文鍵盤。比如,當在手機長按大寫 O 的按鍵,就可以找到大寫 Ö,如下圖。

用電腦鍵盤

輸入 Ä ä, Ö ö, Ü ü, ß ß 這些字母時,須先在電腦裡加入德文輸入法,以下是安裝步驟:

❶ 選取「開始 ▆▆」按鈕,然後選取「設定 ⚙」→時間＆語言→語言」

二 | 德文 30 個字母的讀法

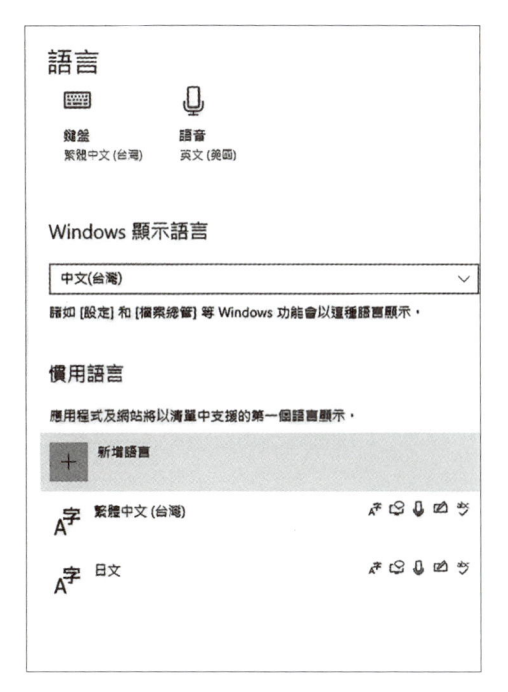

❷ 點選「新增語言」　　❸ 搜尋「German (Germany)」並安裝

　　電腦新增德文輸入法之後，同時按 Shift 及 Alt 這兩個按鍵，就能在「中文輸入法」及「德文輸入法」之間切換。切換成功之後，大部分德文字母的按鍵位置同英語，但仍有些字母和標點符號在鍵盤上的位置須特別留意：

德文字母 z	注音符號ㄗ
德文字母 y	注音符號ㄈ
德文字母 ä	在 enter 鍵左邊

085

德文字母 ö	在字母 L 右邊
德文字母 ü	在字母 P 右邊
德文字母 ß	在數字 0 右邊
?	shift+ 注音符號ㄦ
_	shift+ 注音符號ㄥ
:	shift+ 注音符號ㄡ
&	shift+ 數字 6

　　生活在德國，不免遇到不曉得該如何表達某單字的情況，也會經常遇到不確定某單字的拼法的時候。當遇到這種情況，建議盡快學會以下這段對話：

▶ MP3 2-02

A: Wie sagt man „cat" auf Deutsch?
　　cat（貓）的德文怎麼說？

B: „Cat" heißt auf Deutsch „Katze".
　　cat（貓）的德文是 Katze。

A: Wie buchstabiert man „Katze"?
　　Katze 怎麼拼呢？

B: „Katze" buchstabiert man: K-A-T-Z-E.
　　Katze 的拼法是 K-A-T-Z-E。

二 | 德文 30 個字母的讀法

聽力題 ▶MP3 2-03

測驗知識點
聽出德文字母的讀法

請在空格欄寫下聽到的德文字母。以下單字皆為名詞，故填寫字母時，第一個字母皆須大寫，其餘字母小寫。請用本書附贈的「練習書籤」先遮住答案欄。

❶	[plaːn]	計畫	**Plan**
❷	[maːs]	尺寸；計量單位	**Maß**
❸	[zoːn]	兒子	**Sohn**
❹	[mʊnt]	嘴巴	**Mund**
❺	[moːnt]	月亮	**Mond**
❻	[ˈbyːnə]	舞台	**Bühne**
❼	[ˈjakə]	夾克	**Jacke**
❽	[tʏʁˈkaɪ̯]	土耳其	**Türkei**

087

❾	[ˈtsʊkɐ]	糖	**Zucker**
❿	[ˈpʊlfɐ]	粉、粉末	**Pulver**
⓫	[ˈfɛnstɐ]	窗戶	**Fenster**
⓬	[ˈvaɪ̯zə]	孤兒	**Waise**
⓭	[ʃɪʁm]	傘	**Schirm**
⓮	[ˈkœʁpɐ]	身體	**Körper**
⓯	[ˌkvaliˈtɛːt]	品質	**Qualität**
⓰	[ˈhʏmnə]	聖歌	**Hymne**
⓱	[ʁaɪ̯s]	米飯	**Reis**

※ 以下單字皆為形容詞或動詞，故填寫字母時，第一個字母小寫即可

⑱	[gʁyːn]	綠色的	grün
⑲	[kʁaŋk]	生病的	krank
⑳	[gʁoːs]	大的	groß
㉑	[ˈbʁaʊ̯xn̩]	需要	brauchen
㉒	[ˈtʁaʊ̯ʁɪç]	難過的	traurig
㉓	[ˈniːdʁɪç] [ˈniːdʁɪk]	低的、矮的	niedrig
㉔	[ˈʃpʁɛçn̩]	說 (某語言)	sprechen

三 重音擺放在不同音節時的發音技巧

　　德文單字和英語相同，由不同音節組成，有些單字只有一個音節，有些單字則有數個音節。不管單字有多少個音節，每一個單字會有一個音節是重音音節，與非重音音節相比，重音音節會發音較強且較大聲。當讀一個單字時，就算單字中每個字母的發音都讀對了，但重音擺錯了音節，依舊是錯誤的發音。

　　絕大部分的德文單字的重音都是落在第一個音節，因此如果遇到重音不是在第一個音節的單字，都要特別留意。若單字有兩個或兩個以上的音節，Wiktionary 這個網路字典所提供的音標裡一定有標示重音音節的符號，比如德文單字 kaputt(壞掉的) 的發音是 [ka'pʊt]，其重音是在第二個音節。

　　許多學習者雖然能從音標中的重音符號迅速判斷出單字的重音位置，但實際發音時，卻仍將重音落在錯誤的音節上。明明知道重音應該在第三音節，卻不自覺地把重音放在第一或第二音節。這樣的落差該如何克服呢？

　　如果你也有這樣的困擾，別擔心，我們可以將中文裡的「聲調」套用在這個單元。由於遇過許多學習者，每當單字的重音不是在第一個音節，就難以讀出正確的重音位置，故多年來將中文的「聲調」套用在讀出正確德文音節的練習，發現學習者能夠藉由熟悉的語音概念，

更自然地掌握外語單字的重音變化，不僅提升了朗讀的正確率，也增強了對語音節奏的敏感度。

但在此須強調，德語的音節重音和中文的聲調系統是兩種不同的語音機制，不完全可以一一對應。用中文的「聲調」作為練習策略的起點，幫助學習者區分重音和非重音，但在進一步練習時，還是要聽母語者的發音，去抓住發音上強弱、長短的差異。以下套用「聲調」的練習方式僅適用單獨唸一個單字，不適用朗誦一個完整的句子或是讀具有超多音節的德文複合字。

1. 單音節單字 ▶MP3 3-01

如果單字是單音節，該單字的重音就在該音節本身，Wiktionary的音標中不會出現標示重音音節的符號。單獨唸「單音節」的單字時，德國人原則上會用中文的四聲來唸，就如同上一個單元學德文字母的讀法時，若字母的讀法是單音節，習慣用中文的四聲來唸一樣。

德文	中文	音標	注音
du	你	[duː]	ㄉㄨˋ
da	在那裡	[daː]	ㄉㄚˋ
Hut	帽子	[huːt]	ㄏㄨˋ＋氣音ㄊ
dann	接著、然後	[dan]	ㄉㄢˋ
Haus	房子	[ha͜us]	ㄏㄠˋ＋氣音ㄙ

2. 多音節單字 ▶MP3 3-02

如果單字超過一個音節，不論單字有多少個音節，原則上可以遵循以下兩個規則：

❶ 若重音在最後一個音節，重音音節的母音字母用中文的 四聲 來唸，非重音音節的母音字母用中文的 輕聲 來唸。

❷ 若重音不是在最後一個音節，重音音節的母音字母用中文的 一聲 來唸，非重音音節的母音字母用中文的 輕聲 來唸。

雙音節單字且重音在第 1 個音節

下表中，Papa 和 Mama 皆有兩個音節，其重音皆在第 1 個音節，單獨唸這些單字時，第 1 個音節（重音音節）會以中文的一聲來唸，第 2 個音節（非重音音節）會以輕聲來唸。

德文	中文	音標	注音
Papa	爸爸	['papa]	ㄆㄚ + ㄆㄚ ·
Mama	媽媽	['mama]	ㄇㄚ + ㄇㄚ ·

雙音節單字且重音在第 2 個音節

下頁表中，Tabu, kaputt, August 皆有兩個音節，其重音皆在第 2 個音節，單獨唸這些單字時，第 1 個音節 (非重音音節) 會以中文的輕聲來唸，第 2 個音節 (重音音節) 會以四聲來唸。

三 | 重音擺放在不同音節時的發音技巧

德文	中文	音標	注音
Tabu	禁忌	[ta'buː]	ㄊㄚ˙+ㄅㄨˋ
kaputt	壞掉的	[ka'pʊt]	ㄎㄚ˙+ㄆㄨˋ+氣音ㄊ
August	八月	[aʊ̯'gʊst]	ㄠ˙+ㄍㄨˋ+氣音ㄙ+氣音ㄊ

📝 三音節單字且重音在第 1 個音節

下表中，Kanada 有三個音節，其重音在第 1 個音節。單獨唸 Kanada 時，重音音節會以中文的一聲來唸，其餘非重音音節皆以輕聲來唸。

德文	中文	音標	注音
Kanada	加拿大	['kanada]	ㄎㄚ+ㄋㄚ˙+ㄉㄚ˙

📝 三音節單字且重音在第 2 個音節

下表中，Haiti 和 Bahamas 皆有三個音節，其重音皆在第 2 個音節。單獨唸這些單字時，重音音節會以中文的一聲來唸，其餘非重音音節皆以輕聲來唸。

德文	中文	音標	注音
Haiti	海地	[ha'iːti]	ㄏㄚ˙+ㄧ+ㄊㄧ˙
Bahamas	巴哈馬	[ba'haːmaːs]	ㄅㄚ˙+ㄏㄚ+ㄇㄚ˙+氣音ㄙ

093

📝 三音節單字且重音在第 3 個音節

下表中，Kandidat, Politik, Automat 皆有三個音節，其重音皆在第 3 個音節。單獨唸這些單字時，重音音節會以中文的四聲來唸，其餘非重音音節皆以輕聲來唸。

德文	中文	音標	注音
Kandidat	候選人	[kandiˈdaːt]	ㄎㄢ ˙+ㄉ一 ˙+ㄉㄚ ˋ+氣音ㄊ
Politik	政治	[poliˈtiːk]	ㄆㄛ ˙+ㄌ一 ˙+ㄊ一 ˋ+氣音ㄎ
Automat	自動販賣機	[aʊ̯toˈmaːt]	ㄠ ˙+ㄊㄛ ˙+ㄇㄚ ˋ+氣音ㄊ

📝 小提醒

❶ 背單字時，建議選用的單字書須附有每個單字的音標，或是單字書必須標示哪個音節是重音音節，避免背了單字之後卻還是讀錯重音位置的情況。

❷ [aɪ]（ㄞˋ）、[aʊ]（ㄠˋ）、[ɔɪ]（ㄛˋ+一˙）必須被視為同一個音節。比如，德文單字 neu（新的）的發音是 [nɔɪ]。單獨唸 [nɔɪ] 時，[nɔ] ㄋㄛˋ 聽起來像中文的四聲，[ɪ] 一˙ 聽起來像中文的輕聲，但 neu 仍屬單音節單字。

3. 複習總表：圈起來的爲重音音節

音節	德文	中文	音標	聲調
1 個音節					
音節 1	Gast	客人	[gast]	四聲
2 個音節					
音節 1 + 音節 2	Pa·pa	爸爸	[ˈpapa]	一聲 + 輕聲
音節 1 + 音節 2	Ta·bu	禁忌	[taˈbuː]	輕聲 + 四聲
3 個音節					
音節 1 + 音節 2 + 音節 3	Ka·na·da	加拿大	[ˈkanada]	一聲 + 輕聲 + 輕聲
音節 1 + 音節 2 + 音節 3	Ba·ha·mas	巴哈馬	[baˈhaːmaːs]	輕聲 + 一聲 + 輕聲
音節 1 + 音節 2 + 音節 3	Po·li·tik	政治	[poliˈtiːk]	輕聲 + 輕聲 + 四聲
4 個音節					
音節 1 + 音節 2 + 音節 3 + 音節 4	Nie·der·lan·de	荷蘭	[ˈniːdɐˌlandə]	一聲 + 輕聲 + 輕聲 + 輕聲
音節 1 + 音節 2 + 音節 3 + 音節 4	Po·li·ti·ker	（男性）政治家	[poˈliːtɪkɐ]	輕聲 + 一聲 + 輕聲 + 輕聲
音節 1 + 音節 2 + 音節 3 + 音節 4	Scho·ko·la·de	巧克力	[ʃokoˈlaːdə]	輕聲 + 輕聲 + 一聲 + 輕聲
音節 1 + 音節 2 + 音節 3 + 音節 4	Me·di·ka·ment	藥品、藥物	[medikaˈmɛnt]	輕聲 + 輕聲 + 輕聲 + 四聲

聽力題 ▶ MP3 3-03

測驗知識點
聽出單字的重音在哪一個音節

以下單字皆有兩個音節。請聆聽音檔，並圈出各單字的重音落在哪一個音節。

範例	音節1　(音節2)	August	八月	[aʊˈgʊst]
❶	音節1　音節2	kaputt	壞掉的	[kaˈpʊt]
❷	音節1　音節2	Papa	爸爸	[ˈpapa]
❸	音節1　音節2	Mama	媽媽	[ˈmama]
❹	音節1　音節2	Tabu	禁忌	[taˈbuː]
❺	音節1　音節2	Kino	電影院	[ˈkiːno]
❻	音節1　音節2	Hallo!	你好！	[haˈloː]
❼	音節1　音節2	Tabak	菸草	[ˈtaːbak]
❽	音節1　音節2	Tennis	網球	[ˈtɛnɪs]
❾	音節1　音節2	Menü	菜單	[meˈnyː]

096

三 | 重音擺放在不同音節時的發音技巧

⑩	音節1	音節2	**Moment!**	等一下！	[mo'mɛnt]
⑪	音節1	音節2	**Musik**	音樂	[mu'ziːk]
⑫	音節1	音節2	**Monat**	月、月分	['moːnat]
⑬	音節1	音節2	**Konflikt**	衝突	[kɔn'flɪkt]
⑭	音節1	音節2	**Wagen**	車	['vaːgn̩]
⑮	音節1	音節2	**Hotel**	旅館、飯店	[ho'tɛl]
⑯	音節1	音節2	**Fabrik**	工廠	[fa'bʁiːk]
⑰	音節1	音節2	**Büro**	辦公室	[by'ʁoː]
⑱	音節1	音節2	**Klavier**	鋼琴	[kla'viːɐ̯]
⑲	音節1	音節2	**Kontakt**	聯繫、聯絡	[kɔn'takt]
⑳	音節1	音節2	**Picknick**	野餐	['pɪkˌnɪk]

097

㉑	音節1	音節2	**komplett**	完整的 全部的	[kɔm'plɛt]
㉒	音節1	音節2	**Soldat**	士兵	[zɔl'daːt]
㉓	音節1	音節2	**Dozent**	（大學）講師	[do'ʦɛnt]
㉔	音節1	音節2	**Poet**	詩人	[po'eːt]
㉕	音節1	音節2	**Paket**	包裹	[pa'keːt]

三 | 重音擺放在不同音節時的發音技巧

聽力題 ▶MP3 3-04

測驗知識點

聽出單字的重音在哪一個音節

以下單字皆有三個音節。請聆聽音檔，並圈出各單字的重音落在哪一個音節。

範例	音節1 音節2 (音節3)	populär	受歡迎的	[popuˈlɛːɐ̯]
❶	音節1 音節2 音節3	Zitrone	檸檬	[tsiˈtʁoːnə]
❷	音節1 音節2 音節3	Tabelle	表格	[taˈbɛlə]
❸	音節1 音節2 音節3	Hauptbahnhof	中央火車站	[ˈhaʊptbaːnˌhoːf]
❹	音節1 音節2 音節3	Appetit	胃口	[apeˈtiːt]
❺	音節1 音節2 音節3	Phänomen	現象	[fɛnoˈmeːn]

099

❻	音節1 音節2 音節3	**Legende**	傳說	[le'gɛndə]
❼	音節1 音節2 音節3	**Kapitän**	船長	[kapi'tɛːn]
❽	音節1 音節2 音節3	**Fontäne**	噴水池	[fɔn'tɛːnə]
❾	音節1 音節2 音節3	**muskulös**	肌肉發達的	[mʊsku'løːs]
❿	音節1 音節2 音節3	**Theater**	劇院	[te'aːtɐ]
⓫	音節1 音節2 音節3	**Museum**	博物館	[mu'zeːʊm]

三 | 重音擺放在不同音節時的發音技巧

⑫	音節1 音節2 音節3	**Kollege**	(男性)同事	[kɔˈleːgə]
⑬	音節1 音節2 音節3	**Kollegin**	(女性)同事	[ˌkɔˈleːgɪn]
⑭	音節1 音節2 音節3	**Kanada**	加拿大	[ˈkanada]
⑮	音節1 音節2 音節3	**Haiti**	海地	[haˈiːti]
⑯	音節1 音節2 音節3	**Bahamas**	巴哈馬	[baˈhaːmaːs]
⑰	音節1 音節2 音節3	**Kandidat**	候選人	[kandiˈdaːt]

101

⑱	音節1 音節2 音節3	**Politik**	政治	[poli'tiːk]
⑲	音節1 音節2 音節3	**Automat**	自動販賣機	[au̯to'maːt]
⑳	音節1 音節2 音節3	**Leitfaden**	指南手冊；說明書	['lai̯tˌfaːdn̩]
㉑	音節1 音節2 音節3	**Kosmetik**	化妝品	[kɔs'meːtɪk]
㉒	音節1 音節2 音節3	**Telefon**	電話	[tele'foːn]
㉓	音節1 音節2 音節3	**Kamera**	照相機	['kamərʁa]

三 ｜ 重音擺放在不同音節時的發音技巧

聽力題 ▶MP3 3-05

測驗知識點

聽出單字的重音在哪一個音節

以下單字皆有四個音節。請聆聽音檔，並圈出各單字的重音落在哪一個音節。

❶	音節1 音節2 音節3 音節4	**Phänomene**	現象 （Phänomen 的複數）	[fɛnoˈmeːnə]
❷	音節1 音節2 音節3 音節4	**Kapitäne**	船長 （Kapitän 的複數）	[kapiˈtɛːnə]
❸	音節1 音節2 音節3 音節4	**Kolleginnen**	（女性）同事 （Kollegin 的複數）	[ˌkɔˈleːgɪnən]
❹	音節1 音節2 音節3 音節4	**Kandidaten**	候選人 （Kandidat 的複數）	[kandiˈdaːtn̩]

103

❺	音節1 音節2 音節3 音節4	**Automaten**	自動販賣機 （Automat 的複數）	[aʊtoˈmaːtn̩]
❻	音節1 音節2 音節3 音節4	**Telefone**	電話（Telefon 的複數）	[teleˈfoːnə]
❼	音節1 音節2 音節3 音節4	**Schokolade**	巧克力	[ʃokoˈlaːdə]
❽	音節1 音節2 音節3 音節4	**Zigarette**	香菸	[tsigaˈʁɛtə]
❾	音節1 音節2 音節3 音節4	**Kilometer**	公里	[ˌkiloˈmeːtɐ] [ˈkiːloˌmeːtɐ]

三 | 重音擺放在不同音節時的發音技巧

	音節	單字	中文	發音
⑩	音節1 音節2 音節3 音節4	Anwältinnen	（女性）律師	[ˈanvɛltɪnən]
⑪	音節1 音節2 音節3 音節4	Kantinenkoch	（男性）員工餐廳廚師	[kanˈtiːnənˌkɔx]
⑫	音節1 音節2 音節3 音節4	Hausmeisterin	（女性）工友、管理員	[ˈhaʊsˌmaɪstəʀɪn]
⑬	音節1 音節2 音節3 音節4	Badezimmer	浴室	[ˈbaːdəˌtsɪmɐ]
⑭	音節1 音節2 音節3 音節4	Ausländerin	（女性）外國人	[ˈaʊsˌlɛndəʀɪn]

105

⑮	音節1 音節2 音節3 音節4	**Lebensweise**	生活方式	['leːbn̩sˌvaɪzə]
⑯	音節1 音節2 音節3 音節4	**Mathematik**	數學	[matemaˈtiːk]
⑰	音節1 音節2 音節3 音節4	**Nebenkosten**	附加費用	['neːbn̩ˌkɔstn̩]
⑱	音節1 音節2 音節3 音節4	**Niederlande**	荷蘭	['niːdɐˌlandə]
⑲	音節1 音節2 音節3 音節4	**Schwiegervater**	岳父；公公 （配偶的父親）	['ʃviːgɐˌfaːtɐ]

三 | 重音擺放在不同音節時的發音技巧

⑳	音節1 音節2 音節3 音節4	**Unterhose**	內褲	[ˈʊntɐˌhoːzə]
㉑	音節1 音節2 音節3 音節4	**Limonade**	檸檬汁	[limoˈnaːdə]

四 判斷母音字母發長音或短音的規則

德文單字裡的母音字母到底該發長音還是短音？原則上只有「重音音節的母音字母」才須特別留意該發長音還是短音。用 Wiktionary 這個網路字典查單字的音標時，音標中會用 [ː] 這個符號來標示哪些母音音標須發長音，比如 du (你) 的發音是 [duː]，代表母音字母 u 必須發長音 [uː]。

雖然透過音標即可判斷單字中的母音字母該發長音還是短音，但在不看音標的情況下，一樣可以憑藉以下規則，就能判斷出「重音音節的母音字母」究竟該發長音還是短音：

1. 重音音節的母音字母須發長音的情況

▶ MP3 4-01

1. 母音字母重複出現（例外：Vakuum [ˈvaːkuʊm] 真空）			
Aas	(獸類)屍體	[aːs]	ㄚˋ+氣音ㄙ
Boot	小船	[boːt]	ㄅㄛˋ+氣音ㄊ
2. 母音字母後方出現 h，字母 h 本身不發音			
Kuh	母牛	[kuː]	ㄎㄨˋ

108

四 | 判斷母音字母發長音或短音的規則

nähen	縫	[ˈnɛːən]	ㄋㄝ+ㄣ·
fühlen	感覺到	[ˈfyːlən]	ㄈㄩ+ㄌㄣ·
3. 母音字母後方無緊接任何子音字母			
da	在那裡	[daː]	ㄉㄚˋ
Tabu	禁忌	[taˈbuː]	ㄊㄚ·+ㄅㄨˋ
Kiosk	(售書報或香菸)小亭	[ˈkiːɔsk]	ㄎㄧ+ㄛ·+氣音ㄙ+氣音ㄎ
4.母音字母後方只有緊接一個子音字母(例外:das, bis, mit, was, ab, ob, um 等)			
haben	有	[ˈhaːbn̩]	ㄏㄚ+ㄅㄣ·
lügen	說謊	[ˈlyːgn̩]	ㄌㄩ+ㄍㄣ·

2. 重音音節的母音字母須發短音的情況

▶ MP3 4-02

母音字母後方緊接著連續的子音字母(例外:Papst 羅馬教皇)			
kosten	要價	[ˈkɔstn̩]	ㄎㄛ+氣音ㄙ+ㄊㄣ·
landen	降落	[ˈlandn̩]	ㄌㄢ+ㄉㄣ·

109

知識題 ▶MP3 4-03

測驗知識點
判斷重音音節的母音字母該發長音或短音

以下單字的重音皆落在第一個音節。請判斷以下單字的重音音節的母音字母該發長音還是短音。以下單字皆為德文最基礎的動詞。解答請見最右欄。

＊德文的原形動詞皆以 -en 結尾，僅部分原形動詞以 -n 結尾。

範例	長音	短音	bilden	形成、組成	[ˈbɪldn̩]
❶	長音	短音	planen	計畫	[ˈplaːnən]
❷	長音	短音	essen	吃	[ˈɛsn̩]
❸	長音	短音	gehen	走；去；可行	[ˈgeːən]
❹	長音	短音	fallen	墜落	[ˈfalən]
❺	長音	短音	fehlen	缺乏；思念	[ˈfeːlən]
❻	長音	短音	finden	找到	[ˈfɪndn̩]
❼	長音	短音	folgen	跟隨	[ˈfɔlgn̩]
❽	長音	短音	geben	給	[ˈgeːbn̩]

四 ｜ 判斷母音字母發長音或短音的規則

❾	長音　短音	**gelten**	（證件或規定）有效、適用	[ˈgɛltn̩]
❿	長音　短音	**haben**	有	[ˈhaːbn̩]
⓫	長音　短音	**halten**	拿著、握著；保持	[ˈhaltn̩]
⓬	長音　短音	**kennen**	認識、知道	[ˈkɛnən]
⓭	長音　短音	**fühlen**	感覺到	[ˈfyːlən]
⓮	長音　短音	**kochen**	煮；烹飪	[ˈkɔxn̩]
⓯	長音　短音	**kommen**	來	[ˈkɔmən]
⓰	長音　短音	**können**	能夠	[ˈkœnən]
⓱	長音　短音	**kosten**	要價	[ˈkɔstn̩]
⓲	長音　短音	**lachen**	笑	[ˈlaxn̩]
⓳	長音　短音	**lassen**	讓	[ˈlasn̩]
⓴	長音　短音	**leben**	生活	[ˈleːbn̩]

㉑	長音	短音	**helfen**	幫助	[ˈhɛlfn̩]
㉒	長音	短音	**lesen**	閱讀	[ˈleːzn̩]
㉓	長音	短音	**machen**	做	[ˈmaxn̩]
㉔	長音	短音	**mögen**	喜歡	[ˈmøːgn̩]
㉕	長音	短音	**müssen**	必須	[ˈmʏsn̩]
㉖	長音	短音	**nehmen**	拿、取；搭乘	[ˈneːmən]
㉗	長音	短音	**putzen**	將(某物)擦乾淨	[ˈpʊtsn̩]
㉘	長音	短音	**sagen**	告訴；說	[ˈzaːgn̩]
㉙	長音	短音	**schaffen**	創造；辦到、做到	[ˈʃafn̩]
㉚	長音	短音	**schlafen**	睡覺	[ˈʃlaːfn̩]

四 | 判斷母音字母發長音或短音的規則

㉛	長音　短音	**schmecken**	嘗起來	[ˈʃmɛkn̩]
㉜	長音　短音	**schwimmen**	游泳	[ˈʃvɪmən]
㉝	長音　短音	**sehen**	看見	[ˈzeːən]
㉞	長音　短音	**wissen**	知道	[ˈvɪsn̩]
㉟	長音　短音	**wohnen**	住	[ˈvoːnən]
㊱	長音　短音	**wollen**	想要	[ˈvɔlən]
㊲	長音　短音	**lügen**	說謊	[ˈlyːgn̩]
㊳	長音　短音	**loben**	讚美	[ˈloːbn̩]
㊴	長音　短音	**nähen**	縫	[ˈnɛːən]
㊵	長音　短音	**landen**	降落	[ˈlandn̩]

五 德文 30 個字母單獨出現在單字中的發音

📖 1. 母音字母單獨出現在單字中的發音
▶ MP3 5-01

母音字母可以和其他母音字母搭配在一起，形成雙母音的字母組合出現在一個音節中，如 Bau（建造）、Mai（五月）等。母音字母也可以單獨出現在一個音節中，成為該音節的音節核，如 Gas（氣體）、Tipp（提示）、Hof（庭院）等。以下發音規則是各母音字母不和其他字母組合、單獨出現在單字中的發音。各母音字母在單字中若發長音，其發音和字母本身的讀法相同：

	母音字母的讀法		範例單字			發音規則
❶	A, a	[aː]	[aː]	Gas	氣體	[gaːs]	字母 a 在重音節若發長音，發音是 [aː]；若發短音，發音是 [a]。
			[a]	Gast	客人	[gast]	
❷	E, e	[eː]	[eː]	Leben	生活	[ˈleːbn̩]	字母 e 在重音節若發長音，發音是 [eː]；若發短音，發音是 [ɛ]。
			[ɛ]	Bett	床	[bɛt]	

114

五｜德文 30 個字母單獨在單字中的發音

母音字母的讀法		範例單字			發音規則
❸ I, i [iː]	[iː]	Klima	氣候	[ˈkliːma]	字母 i 在重音節若發長音，發音是 [iː]；若發短音，發音是 [ɪ]。
	[ɪ]	Tipp	提示	[tɪp]	
❹ O, o [oː]	[oː]	Hof	庭院	[hoːf]	字母 o 在重音節若發長音，發音是 [oː]；若發短音，發音是 [ɔ]。
	[ɔ]	Gott	上帝	[gɔt]	
❺ U, u [uː]	[uː]	Flut	洪水	[fluːt]	字母 u 在重音節若發長音，發音是 [uː]；若發短音，發音是 [ʊ]。
	[ʊ]	Fluss	河流	[flʊs]	
❻ Ä, ä [ɛː]	[ɛː]	Häfen	港口（Hafen 的複數）	[ˈhɛːfn̩]	字母 ä 在重音節若發長音，發音是 [ɛː]；若發短音，發音是 [ɛ]。
	[ɛ]	Äffin	母猴	[ˈɛfɪn]	
❼ Ö, ö [øː]	[øː]	Föhn	吹風機	[føːn]	字母 ö 在重音節若發長音，發音是 [øː]；若發短音，發音是 [œ]。
	[œ]	Göttin	女神	[ˈgœtɪn]	
❽ Ü, ü [yː]	[yː]	Mühe	辛勞	[ˈmyːə]	字母 ü 在重音節若發長音，發音是 [yː]；若發短音，發音是 [ʏ]。
	[ʏ]	Glück	幸福；幸運	[glʏk]	

知識題 ▶MP3 5-02

測驗知識點
a, e, i, o, u, ä, ö, ü 單獨出現在單字中的發音

德文共有八個母音字母，在原生的德文字彙中，每一個母音字母都有相對應的長音及短音，因此共計有八組：[aː]-[a]、[eː]-[ɛ]、[iː]-[ɪ]、[oː]-[ɔ]、[uː]-[ʊ]、[ɛː]-[ɛ]、[øː]-[œ]、[yː]-[ʏ]。請在第一欄的音標框裡，寫出各單字重音音節的母音字母發音。

範例	[aː]	Gas	氣體	[gaːs]
❶	[ ]	Gast	客人	[gast]
❷	[ ]	Hafen	港口	[ˈhaːfn̩]
❸	[ ]	Haft	拘留、監禁	[haft]
❹	[ ]	Leben	生活	[ˈleːbn̩]
❺	[ ]	Bett	床	[bɛt]
❻	[ ]	Beben	震動	[ˈbeːbn̩]

五｜德文 30 個字母單獨在單字中的發音

	[　　]	Heft	簿子、筆記本	[hɛft]
❼				
❽	[　　]	Tipp	提示、暗示	[tɪp]
❾	[　　]	Hof	庭院	[hoːf]
❿	[　　]	Gott	上帝	[gɔt]
⓫	[　　]	Foto	照片	['foːto]
⓬	[　　]	Post	郵政機構；郵局	[pɔst]
⓭	[　　]	Flut	洪水	[fluːt]
⓮	[　　]	Fluss	河流	[flʊs]
⓯	[　　]	Mutter	媽媽	['mʊtɐ]
⓰	[　　]	Hut	帽子	[huːt]

117

⑰	[　　]	**Bäcker**	(男性)麵包師	['bɛkɐ]
⑱	[　　]	**Dänin**	(女性)丹麥人	['dɛːnɪn]
⑲	[　　]	**Äffin**	母猴	['ɛfɪn]
⑳	[　　]	**Häfen**	港口（Hafen 的複數）	['hɛːfn̩]
㉑	[　　]	**Gäste**	客人（Gast 的複數）	['gɛstə]
㉒	[　　]	**Öl**	油	[øːl]
㉓	[　　]	**Hölle**	地獄	['hœlə]
㉔	[　　]	**Föhn**	吹風機	[føːn]
㉕	[　　]	**Göttin**	女神	['gœtɪn]
㉖	[　　]	**Höfe**	庭院（Hof 的複數）	['høːfə]

五 | 德文 30 個字母單獨在單字中的發音

㉗	[　　]	**Töpfe**	鍋（Topf 的複數）	[ˈtœp͡fə]
㉘	[　　]	**Tüte**	包裝袋	[ˈtyːtə]
㉙	[　　]	**Glück**	幸運	[glʏk]
㉚	[　　]	**Mühe**	辛勞	[ˈmyːə]
㉛	[　　]	**Mütter**	媽媽（Mutter 的複數）	[ˈmʏtɐ]

📝 延伸學習 1：字母 e 在部分情況發 [ə]

德文的母音字母單獨出現在單字中，發音極具規則，惟字母 e 在以下情況發 [ə]，[ə] 只在非重讀音節出現：

❶ 字母 e 出現在字尾固定發 [ə]，除非是外來語，比如：Blume 花 ['bluːmə]、Ende 結束；結尾 ['ɛndə]
❷ 字母 e 出現在重音音節後的非重音音節發 [ə]，比如：mindestens 至少 ['mɪndəstn̩s]、Ebene 平原；層次 ['eːbənə]
◆ 補充：字母 e 出現在重音音節前的非重音音節發 [e]，比如：Elefant 大象 [ele'fant]、Telefon 電話 [tele'foːn]（例外：字首 be- 和 ge- 中的 e 發 [ə]）

📝 延伸學習 2：當母音字母出現在非重音音節的開音節中

在德語中，音節可分為開音節（offene Silbe）與閉音節（geschlossene Silbe），這個分類對於母音長短的判斷有重要影響。開音節是指以母音結尾的音節，因為尾端沒有子音阻隔，母音通常可以被較長時間地發出，因此開音節裡的母音多為長音。相對地，閉音節則是以子音結尾的音節，由於子音迅速跟上，使得母音無法拉長，因此閉音節的母音多為短音母音。比如：

◆ Na·me 名字 ['naːmə]：第一音節「Na」是開音節且為重音，字母 a 為長音 [aː]
◆ min·des·tens 至少 ['mɪndəstn̩s]：第一音節「min」是閉音節且為重音，字母 i 為短音 [ɪ]

五 | 德文 30 個字母單獨在單字中的發音

當 a, e, i, o, u, ö, ü 出現在非重音的開音節中，音標以 [a][e][i][o][u][ø][y] 呈現，音標中無發長音的符號 [ː]，發音時無須發長音。原則上 [a][e][i][o][u][ø][y] 只在外來語非重讀音節出現。

	母音字母的讀法		範例單字			發音規則
❶	A, a	[aː]	Tabu	禁忌	[taˈbuː]	字母 a 在非重音的開音節中發 [a]。
❷	E, e	[eː]	Menü	菜單	[meˈnyː]	字母 e 在非重音的開音節中發 [e]，但前提是字母 e 必須位於重音音節前（例外：字首 be-, ge-）。 * 複習：字母 e 在重音音節後的非重音音節發 [ə]
❸	I, i	[iː]	Diät	節食	[diˈɛːt]	字母 i 在非重音的開音節中發 [i]。
❹	O, o	[oː]	Foto	照片	[ˈfoːto]	字母 o 在非重音的開音節中發 [o]。
❺	U, u	[uː]	Akku	電池	[ˈaku]	字母 u 在非重音的開音節中發 [u]。
❻	Ö, ö	[øː]	Ökonomie	經濟學	[ˌøkonoˈmiː]	字母 ö 在非重音的開音節中發 [ø]。
❼	Ü, ü	[yː]	Büro	辦公室	[byˈʁoː]	字母 ü 在非重音的開音節中發 [y]。

2. 子音字母單獨出現在單字中的發音

▶MP3 5-03

◆ 字母 c 出現在單字中的發音較多變，故在外來語單元詳述。
◆ 字母 q 固定搭配字母 u 形成字母組合 qu- 出現在單字中，故在字母組合單元詳述。
◆ 以下發音規則是各子音字母不和其他字母組成字母組合、單獨出現在一個音節中的發音。

	子音字母的讀法			範例單字			發音規則
❶	B, b	[beː]	[b]	Bus	公車	[bʊs]	字母 b 在母音前發 [b]；在母音後發 [p]。
			[p]	ob	是否	[ɔp]	
❷	D, d	[deː]	[d]	da	在那裡	[daː]	字母 d 在母音前發 [d]；在母音後發 [t]。
			[t]	Tod	死亡	[toːt]	
❸	F, f	[ɛf]	[f]	fast	幾乎	[fast]	字母 f 在母音前後皆發 [f]。
				Hof	庭院	[hoːf]	
❹	G, g	[geː]	[g]	Gas	氣體	[gaːs]	字母 g 在母音前發 [g]；在母音後發 [k]。
			[k]	Tag	天、日	[taːk]	
❺	H, h	[haː]	[h]	Hof	庭院	[hoːf]	字母 h 在母音前發 [h]；在母音後不發音，但前面母音須發長音。
			-----	Kuh	母牛	[kuː]	

122

五｜德文 30 個字母單獨在單字中的發音

	子音字母的讀法			範例單字			發音規則
❻	J, j	[jɔt]	[j]	ja	是；對	[jaː]	字母 j 在母音前發 [j]。
❼	K, k	[kaː]	[k]	Kai	碼頭	[kaɪ̯]	字母 k 在母音前後皆發 [k]。
				Takt	節拍	[takt]	
❽	L, l	[ɛl]	[l]	laut	大聲的	[laʊ̯t]	字母 l 在母音前後皆發 [l]。
				hell	明亮的	[hɛl]	
❾	M, m	[ɛm]	[m]	Mut	勇氣	[muːt]	字母 m 在母音前後皆發 [m]。
				Kamm	梳子	[kam]	
❿	N, n	[ɛn]	[n]	Not	困境	[noːt]	字母 n 在母音前後皆發 [n]。
				Kind	小孩	[kɪnt]	
⓫	P, p	[peː]	[p]	Pass	護照	[pas]	字母 p 在母音前後皆發 [p]。
				Tipp	提示	[tɪp]	
⓬	R, r	[ɛʁ]	[ʁ]	rot	紅色的	[ʁoːt]	字母 r 在母音前發 [ʁ]；在長母音後發 [ɐ]；在短母音後發 [ʁ] 或 [ɐ] 皆可。
			[ɐ]	Tür	門	[tyːɐ̯]	
			[ʁ]	Ort	地方	[ɔʁt]	
⓭	S, s	[ɛs]	[z]	satt	吃飽的	[zat]	字母 s 在母音前發 [z]；在母音後發 [s]。
			[s]	das	這(個)	[das]	
⓮	T, t	[teː]	[t]	Tipp	提示	[tɪp]	字母 t 在母音前後皆發 [t]。
				fast	幾乎	[fast]	

123

	子音字母的讀法			範例單字			發音規則
⑮	V, v	[faʊ]	[f]	**Volk**	人民	[fɔlk]	字母 v 在母音前後皆發 [f]。
				Motiv	動機	[mo'tiːf]	
⑯	W, w	[veː]	[v]	**wo**	在哪裡	[voː]	字母 w 在母音前發 [v]。
			-----	**Bowle**	冰涼的、以白酒為基底的含酒精混合飲料，常常加入水果塊	['boːlə]	字母 w 在母音前發 [v]；在母音後不發音，但母音須發長音。
⑰	X, x	[ɪks]	[ks]	**Axt**	斧	[akst]	字母 x 在單字中發 [ks]。
⑱	Y, y	['ʏpsilɔn]	[j]	**Yoga**	瑜伽	['joːga]	字母 y 在母音前發 [j]。
⑲	Z, z	[tsɛt]	[t͡s]	**zu**	太…；到（某處）	[t͡suː]	字母 z 在母音前後皆發 [t͡s]。
				Notiz	筆記	[no'tiːt͡s]	
⑳	ß, ß	[ɛs'tsɛt]	[s]	**Soße**	醬料	['zoːsə]	字母 ß 在單字中發 [s]。
				Fuß	腳	[fuːs]	

五｜德文 30 個字母單獨在單字中的發音

知識題 ▶ MP3 5-04

|測驗知識點|

字母 r 在長母音後發 [ɐ]；
在短母音後發 [ʁ]

在一個音節中，字母 r 出現在長母音後面的發音是 [ɐ]；字母 r 出現在短母音後面的發音是 [ʁ]，但發音時亦可用 [ɐ] 取代 [ʁ]。請圈選以下單字中的字母 r 的發音是 [ɐ] 還是 [ʁ]。

❶	[ʁ]	[ɐ]	Tür	門	[tyːɐ̯] * [tyːɐ̯] 等音標下方的半弧形是連音符號，代表發音時要將 [yː] 和 [ɐ] 兩個母音音標滑順地連在一起唸
❷	[ʁ]	[ɐ]	Tor	大門、入口	[toːɐ̯]
❸	[ʁ]	[ɐ]	Bär	熊	[bɛːɐ̯]
❹	[ʁ]	[ɐ]	wir	我們	[viːɐ̯]
❺	[ʁ]	[ɐ]	Uhr	鐘；錶	[uːɐ̯]
❻	[ʁ]	[ɐ]	leer	空的	[leːɐ̯]

125

❼	[ʁ]	[ɐ]	**Jahr**	年	[jaːɐ̯]
❽	[ʁ]	[ɐ]	**Haar**	頭髮	[haːɐ̯]
❾	[ʁ]	[ɐ]	**Likör**	利口酒	[liˈkøːɐ̯]
❿	[ʁ]	[ɐ]	**Herr**	主人；先生（同英語 Mr.）	[hɛʁ]
⓫	[ʁ]	[ɐ]	**Ort**	地方	[ɔʁt]
⓬	[ʁ]	[ɐ]	**Kurs**	課程	[kʊʁs]
⓭	[ʁ]	[ɐ]	**Park**	公園	[paʁk]
⓮	[ʁ]	[ɐ]	**März**	三月	[mɛʁt͡s]
⓯	[ʁ]	[ɐ]	**Person**	人	[pɛʁˈzoːn]
⓰	[ʁ]	[ɐ]	**Markt**	市場	[maʁkt]

五｜德文 30 個字母單獨在單字中的發音

聽力題 ▶ MP3 5-05

測驗知識點
字母 r 在母音前發 [ʁ]

請聆聽音檔，並拼寫出單字，每個空格僅填一個字母。以下單字皆為動詞或形容詞，故第一個字母小寫即可。請用本書附贈的「練習書籤」先遮住答案欄。提示：字母組合 ie 發 [iː]；字母組合 ei 發 [aɪ]；字母組合 au 發 [aʊ]。

❶	__ __ ten	[ˈʁaːtn̩]	建議	**raten**
❷	__ __ den	[ˈʁeːdn̩]	講、說	**reden**
❸	__ __ __ chen	[ˈʁaɪçn̩]	足夠；將（某物）遞給（某人）	**reichen**
❹	__ __ echen	[ˈʁiːçn̩]	聞起來…	**riechen**
❺	__ __ llen	[ˈʁɔlən]	滾動	**rollen**
❻	__ __ tten	[ˈʁɛtn̩]	搶救、拯救	**retten**
❼	__ __ hren	[ˈʁyːʁən]	攪拌	**rühren**

127

❽	_ _ fen	[ˈʁuːfn̩]	喊叫、呼喊	**rufen**
❾	_ _ misch	[ˈʁøːmɪʃ]	羅馬的、羅馬人的	**römisch**
❿	_ _ _ chen	[ˈʁaʊ̯xn̩]	抽菸	**rauchen**
⓫	_ _ nd	[ʁʊnt]	圓形的	**rund**
⓬	_ _ nnen	[ˈʁɛnən]	奔跑	**rennen**
⓭	_ _ _ ch	[ʁaɪ̯ç]	有錢的	**reich**

※ 以下單字皆為名詞，故第一個字母須大寫

⓮	Be _ _ _	[bəˈʁuːf]	職業	**Beruf**
⓯	Fe _ _ en	[ˈfeːʁiən]	休假	**Ferien**
⓰	_ _ _ _ _ _	[ˈkamɐʁa]	照相機	**Kamera**
⓱	_ _ _ _	[byˈʁoː]	辦公室	**Büro**

五｜德文 30 個字母單獨在單字中的發音

聽力題 ▶MP3 5-06

測驗知識點：各字母單獨出現在單字中的發音

請聆聽音檔，並拼寫出單字，每個空格僅填一個字母。以下單字皆為名詞，故第一個字母須大寫。請用本書附贈的「練習書籤」先遮住答案欄。

❶	＿＿＿	[bʊs]	公車	**Bus**
❷	＿＿＿＿	[fluːt]	洪水	**Flut**
❸	＿＿＿＿	[bluːt]	血	**Blut**
❹	＿＿＿＿	[ˈtyːtə]	包裝袋	**Tüte**
❺	＿＿＿＿	[ˈlyːgə]	謊言	**Lüge**
❻	＿＿＿＿	[ˈnaːmə]	名字	**Name**
❼	＿＿＿＿	[ˈnaːzə]	鼻子	**Nase**
❽	＿＿＿＿＿	[ˈkliːma]	氣候	**Klima**

⑨ _ _ _ _ _	[ˈkɔnto]	(銀行)帳戶	**Konto**
⑩ _ _ _ _ _ _	[miˈnuːtə]	分;分鐘	**Minute**
⑪ _ _ _ _ _ _	[toˈmaːtə]	番茄	**Tomate**
⑫ _ _ _ _ _ _	[baˈnaːnə]	香蕉	**Banane**
⑬ _ _ _ _ _ _	[kɔsˈtyːm]	(表演)服裝、戲服	**Kostüm**
⑭ _ _ _ _ _	[ˈdaːtʊm]	日期	**Datum**
⑮ _ _ _	[hoːf]	庭院	**Hof**
⑯ _ _ _ _ _ _	[kaˈziːno]	賭場	**Kasino**
⑰ _ _ _ _	[ˈzoːfa]	沙發	**Sofa**
⑱ _ _ _	[ˈoːpa]	爺爺	**Opa**

五 | 德文 30 個字母單獨在單字中的發音

⑲	['oːma]	奶奶	**Oma**
⑳	['ananas]	鳳梨	**Ananas**
㉑	['plastɪk]	塑膠	**Plastik**
㉒	['gloːbʊs]	地球儀	**Globus**

聽力題 ▶MP3 5-07

測驗知識點
字母 **b, d, g** 出現在母音後的發音

在一個音節中，字母 b, d, g 出現在母音後面的發音分別是 [p]、[t] 及 [k]。請聆聽音檔，並判斷空格應填入字母 b、d 還是 g。請用本書附贈的「練習書籤」先遮住答案欄。

❶	Ta __	[taːk]	日、天	**Tag**
❷	Lie __	[liːt]	歌曲	**Lied**
❸	Die __	[diːp]	小偷	**Dieb**
❹	Zu __	[ʦuːk]	火車	**Zug**
❺	Bu __	[buːp]	男孩	**Bub**
❻	Han __	[hant]	手	**Hand**
❼	O __ st	[oːpst]	水果	**Obst**
❽	klu __	[kluːk]	聰明的	**klug**

五｜德文 30 個字母單獨在單字中的發音

❾	a __	[ap]	從…開始	**ab**
❿	o __	[ɔp]	是否	**ob**
⓫	Flu __	[fluːk]	飛行	**Flug**
⓬	Bil __	[bɪlt]	照片；圖、畫	**Bild**
⓭	A __ gas	[ˈapˌgaːs]	廢氣	**Abgas**
⓮	un __	[ʊnt]	和、及	**und**
⓯	We __	[veːk]	路	**Weg**

133

聽力題 ▶MP3 5-08

測驗知識點
字母 v, w 出現在單字中的發音

在一個音節中，字母 w 出現在母音前面的發音是 [v]；字母 v 出現在母音前面或詞尾的發音是 [f]。請聆聽音檔，並判斷空格應填入字母 w 還是 v。請用本書附贈的「練習書籤」先遮住答案欄。

❶	Lö __ e	[ˈløːvə]	獅子	**Löwe**
❷	__ ater	[ˈfaːtɐ]	爸爸	**Vater**
❸	Mö __ e	[ˈmøːvə]	海鷗	**Möwe**
❹	__ iel	[fiːl]	許多的	**viel**
❺	__ etter	[ˈvɛtɐ]	天氣	**Wetter**
❻	__ etter	[ˈfɛtɐ]	堂兄弟；表兄弟	**Vetter**
❼	__ or	[foːɐ̯]	在⋯的前面	**vor**
❽	__ asser	[ˈvasɐ]	水	**Wasser**
❾	__ olk	[fɔlk]	人民	**Volk**

五 | 德文 30 個字母單獨在單字中的發音

⑩	__agen	['vaːgn̩]	車	**Wagen**
⑪	Dati__	['daːtiːf]	（文法術語）與格	**Dativ**
⑫	Geniti__	['geːnitiːf]	（文法術語）屬格	**Genitiv**
⑬	Akkusati__	['akuzaˌtiːf]	（文法術語）受格	**Akkusativ**
⑭	Nominati__	['noːminaˌtiːf]	（文法術語）主格	**Nominativ**
⑮	__olks__agen	['fɔlksˌvaːgn̩]	（品牌名）大眾汽車	**Volkswagen**
⑯	__ille	['vɪlə]	意志、決心	**Wille**
⑰	__olle	['vɔlə]	毛線	**Wolle**
⑱	__elle	['vɛlə]	波浪	**Welle**
⑲	__eg	[veːk]	路	**Weg**
⑳	__aage	['vaːgə]	秤	**Waage**

聽力題 ▶MP3 5-09

測驗知識點
字母 **j, s, x, z, ß** 出現在單字中的發音

請聆聽音檔，並判斷空格應填入 j, s, x, z, ß 當中的哪一個字母。請用本書附贈的「練習書籤」先遮住答案欄。以下單字皆為名詞，第一個字母須大寫。提示：在一個音節中，字母 j 在母音前發 [j]。字母 s 在母音前發 [z]；在母音後發 [s]。字母 x 在單字中發 [ks]。字母 z 在母音前後皆發 [ʦ]。字母 ß 在單字中發 [s]。

❶	__ anuar	[ˈjanuaːɐ̯]	一月	**Januar**
❷	Grö __ e	[ˈgʁøːsə]	尺寸	**Größe**
❸	__ auber	[ˈʦaʊ̯bɐ]	魔法（只用單數）	**Zauber**
❹	Lu __ emburg	[ˈlʊksm̩bʊʁk]	盧森堡	**Luxemburg**
❺	Blu __ e	[ˈbluːzə]	女襯衫	**Bluse**
❻	__ ü __ igkeit	[ˈzyːsɪçkaɪ̯t]	甜食	**Süßigkeit**
❼	Pro __ ekt	[pʁoˈjɛkt]	企劃、方案	**Projekt**
❽	Fern __ eher	[ˈfɛʁnˌzeːɐ̯]	電視機	**Fernseher**

五｜德文 30 個字母單獨在單字中的發音

⑨	__ ähneputzen	[ˈtsɛːnəˌpʊtsn̩]	刷牙	Zähneputzen
⑩	E __ perte	[ɛksˈpɛʁtə]	（男性）專家	Experte
⑪	__ o __ e	[ˈzoːsə]	調味汁、醬汁（源於法語）	Soße
⑫	__ ugend	[ˈjuːgn̩t]	青少年時代（只用單數）	Jugend
⑬	Ge __ icht	[gəˈzɪçt]	臉	Gesicht
⑭	Le __ ikon	[ˈlɛksikɔn]	百科全書、百科辭典	Lexikon
⑮	Preu __ en	[ˈpʁɔɪ̯sn̩]	普魯士	Preußen
⑯	Fran__ö__isch	[fʁanˈtsøːzɪʃ]	法語	Französisch
⑰	Ko __ ote	[koˈjoːtə]	北美草原狼	Kojote
⑱	Aus __ age	[ˈaʊ̯sˌzaːgə]	陳述	Aussage
⑲	Her __ liche Grü __ e	[ˈhɛʁtslɪçə] [ˈgʁyːsə]	（書信結尾用語）誠摯的問候、衷心的問候	Herzliche Grüße

⑳	Bo __ en	[ˈbɔksn̩]	（體育）拳擊	**Boxen**
㉑	Ar __ t	[aʁt͡st]	（男性）醫生	**Arzt**
㉒	Ka __ üte	[kaˈjyːtə]	可以吃和睡的船艙	**Kajüte**
㉓	__ uppe	[ˈzʊpə]	湯	**Suppe**
㉔	Lu __ us	[ˈlʊksʊs]	奢侈、奢華（只用單數）	**Luxus**
㉕	Bre __ el	[ˈbʁeːt͡sl̩]	八字型鹹麵包	**Brezel**

六 德文常見字母組合的發音

1. 擔任音節核的母音字母組合 ▶MP3 6-01

	字母組合	發音	範例單字		
❶	ai	[aɪ̯]	Mai	五月	[maɪ̯]
❷	ei		Kleid	連衣裙	[klaɪ̯t]
❸	ay		Bayern	（德國邦州）巴伐利亞州	[ˈbaɪ̯ɐn]
❹	ey		Meyer	（德國姓氏）邁爾	[ˈmaɪ̯ɐ]
❺	au	[aʊ̯]	Bau	建造	[baʊ̯]
❻	eu	[ɔɪ̯]	neu	新的	[nɔɪ̯]
❼	äu		Säule	柱子	[ˈzɔɪ̯lə]
❽	oe	[øː]	Goethe	歌德	[ˈgøːtə]
❾	ie	[iː]	Dieb	小偷	[diːp]
❿	ou	[uː]	Tour	旅遊	[tuːɐ̯]

139

知識題 ▶MP3 6-02

測驗知識點
母音字母組合在單字中的發音

請圈出以下單字具有 [aɪ]、[aʊ]、[ɔɪ] 當中的哪一個音。請用本書附贈的「練習書籤」先遮住答案欄。

❶	[aɪ̯] [aʊ̯] [ɔɪ̯]	Mai	五月	[maɪ̯]
❷	[aɪ̯] [aʊ̯] [ɔɪ̯]	Säule	柱子	[ˈzɔɪ̯lə]
❸	[aɪ̯] [aʊ̯] [ɔɪ̯]	Kleid	連衣裙	[klaɪ̯t]
❹	[aɪ̯] [aʊ̯] [ɔɪ̯]	Zeugnis	證明書	[ˈtsɔɪ̯knɪs]
❺	[aɪ̯] [aʊ̯] [ɔɪ̯]	Mais	玉米	[maɪ̯s]
❻	[aɪ̯] [aʊ̯] [ɔɪ̯]	Waise	孤兒	[ˈvaɪ̯zə]
❼	[aɪ̯] [aʊ̯] [ɔɪ̯]	Haus	房子	[haʊ̯s]
❽	[aɪ̯] [aʊ̯] [ɔɪ̯]	Auto	汽車	[ˈaʊ̯to]

六 | 德文常見字母組合的發音

❾	[aɪ̯] [au̯] [ɔɪ̯]	Gebäude	建築物	[gəˈbɔɪ̯də]
❿	[aɪ̯] [au̯] [ɔɪ̯]	Auge	眼睛	[ˈau̯gə]
⓫	[aɪ̯] [au̯] [ɔɪ̯]	läuten	(手機)響	[ˈlɔɪ̯tn̩]
⓬	[aɪ̯] [au̯] [ɔɪ̯]	Maus	老鼠	[mau̯s]
⓭	[aɪ̯] [au̯] [ɔɪ̯]	Beyer	(德國姓氏)拜爾	[ˈbaɪ̯ɐ]
⓮	[aɪ̯] [au̯] [ɔɪ̯]	Baum	樹	[bau̯m]
⓯	[aɪ̯] [au̯] [ɔɪ̯]	Bäume	樹(Baum的複數)	[ˈbɔɪ̯mə]
⓰	[aɪ̯] [au̯] [ɔɪ̯]	Laune	心情	[ˈlau̯nə]
⓱	[aɪ̯] [au̯] [ɔɪ̯]	neu	新的	[nɔɪ̯]
⓲	[aɪ̯] [au̯] [ɔɪ̯]	Meyer	(德國姓氏)邁爾	[ˈmaɪ̯ɐ]

141

⑲	[aɪ̯] [au̯] [ɔɪ̯]	neun	九	[nɔɪ̯n]
⑳	[aɪ̯] [au̯] [ɔɪ̯]	Ei	雞蛋	[aɪ̯]
㉑	[aɪ̯] [au̯] [ɔɪ̯]	heute	今天	[ˈhɔɪ̯tə]
㉒	[aɪ̯] [au̯] [ɔɪ̯]	Wein	葡萄酒	[vaɪ̯n]
㉓	[aɪ̯] [au̯] [ɔɪ̯]	Mäuse	老鼠（Maus 的複數）	[ˈmɔɪ̯zə]
㉔	[aɪ̯] [au̯] [ɔɪ̯]	zeigen	展示、讓(某人)看(某物)	[ˈtsaɪ̯gn̩]
㉕	[aɪ̯] [au̯] [ɔɪ̯]	Bauer	(男性)農夫	[ˈbau̯ɐ]
㉖	[aɪ̯] [au̯] [ɔɪ̯]	Bäuerin	(女性)農夫	[ˈbɔɪ̯ərɪn]

2. 初學者常讀錯的字首字母組合 ▶MP3 6-03

	字母組合	發音	範例單字		
❶	sc-	[sk]	Scanner	掃描機	[ˈskɛnɐ]
❷	sk-	[sk]	Skandal	醜聞	[skanˈdaːl]
❸	skl-	[skl]	Sklave	奴隸	[ˈsklaːfə] [ˈsklaːvə]
❹	sl-	[sl]	Slowakei	斯洛伐克	[ˌslovaˈkaɪ̯]
❺	sm-	[sm]	Smog	霧霾	[smɔk]
❻	sn-	[sn]	Snack	零食	[snɛk]
❼	sp-	[ʃp]	spät	晚的	[ʃpɛːt]
❽	st-	[ʃt]	Staat	國家	[ʃtaːt]
❾	sz-	[st͡s]	Szene	場景、情景、事件	[ˈst͡seːnə]
❿	rh-	[ʁ]	Rhein	萊茵河	[ʁaɪ̯n]
⓫	pf-	[p͡f]	Pflanze	植物	[ˈp͡flant͡sə]

◆ 字母 s 在字母組合 sp- 及 st- 中的發音是 [ʃ]。
◆ [k]、[p]、[t] 皆為送氣音，在重音音節的開頭時送氣最明顯；在非重音音節開頭送氣較弱；在音節尾送氣最弱。但如果 [k]、[p]、[t]

和某些子音音標組合，比如上表中 [sk]、[ʃp]、[ʃt]，此時 [k]、[p]、[t] 無須送氣，這導致雖然 sc-、sk-、sp-、st- 的音標以 [sk]、[ʃp] 及 [ʃt] 呈現，但 [k]、[p]、[t] 聽起來的發音是 [g]、[b] 及 [d]。

◆ Scanner、Snack 皆屬外來語，單字中的字母 a 的發音是 [ɛ]。

◆ 字母組合 rh- 出現在字首，字母 h 不發音。

◆ sp- 及 st- 開頭的單字，若和其它單字組成複合字，或加上特定前綴之後，sp- 及 st- 的發音不變。比如，Staat（國家）的發音是 [ʃtaːt]，和形容詞 klein（小的）組成複合字之後，產出了新的名詞 Kleinstaat（小國），其發音是 [ˈklaɪ̯nʃtaːt]。

六 | 德文常見字母組合的發音

聽力題 ▶MP3 6-04

測驗知識點
字母組合 sp-, st- 出現在字首的發音

請聆聽音檔，並拼寫出單字，每個空格限填一個字母。請用本書附贈的「練習書籤」先遮住答案欄。以下單字皆為名詞，第一個字母須大寫。

❶	_ _ _ _	[ʃtiːl]	風格	**Stil**
❷	_ _ _ at	[ʃtaːt]	國家	**Staat**
❸	_ _ _ ß	[ʃpaːs]	樂趣	**Spaß**
❹	_ _ _ nde	[ˈʃtʊndə]	小時	**Stunde**
❺	_ _ _ mme	[ˈʃtɪmə]	聲音	**Stimme**
❻	_ _ _ nat	[ʃpiˈnaːt]	菠菜	**Spinat**
❼	_ _ eise	[ˈʃpaɪ̯zə]	菜餚	**Speise**
❽	_ _ aub	[ʃtaʊ̯p]	灰塵	**Staub**
❾	_ _ _ dent	[ʃtuˈdɛnt]	(男性)大學生	**Student**

145

⑩	＿＿＿dentin	[ʃtuˈdɛntɪn]	(女性)大學生	**Studentin**
⑪	＿＿＿ck	[ʃtɔk]	樓、樓層	**Stock**
⑫	Klein＿＿＿at	[ˈklaɪnˌʃtaːt]	小國	**Kleinstaat**
⑬	Tee＿＿＿nde	[ˈteːˌʃtʊndə]	喝茶時間	**Teestunde**

※ 以下單字皆為原形動詞或形容詞，第一個字母小寫即可

⑭	＿＿ät	[ʃpɛːt]	晚的	**spät**
⑮	＿＿ielen	[ˈʃpiːlən]	玩	**spielen**
⑯	＿＿ehen	[ˈʃteːən]	站	**stehen**
⑰	＿＿ellen	[ˈʃtɛlən]	(直)放	**stellen**
⑱	＿＿＿ppen	[ˈʃtɔpn̩]	阻止(某物)	**stoppen**
⑲	＿＿＿ren	[ˈʃpaːʁən]	儲存；省下	**sparen**
⑳	auf＿＿＿hen	[ˈaʊfˌʃteːən]	起床；站起	**aufstehen**

3. 常見的出現在字尾的字母組合（非重音音節） ▶MP3 6-05

字母組合	發音	範例單字		
❶ -er	[ɐ]	aber	但是	[ˈaːbɐ]
❷ -ern	[ɐn]	dauern	持續	[ˈdaʊ̯ɐn]
❸ -ert	[ɐt]	hundert	百	[ˈhʊndɐt]
❹ -ig	[ɪç][ɪk]	König	國王	[ˈkøːnɪç] [ˈkøːnɪk]
❺ -el	[əl]	Ampel	紅綠燈	[ˈampəl]
❻ -eln	[əln]	pendeln	通勤	[ˈpɛndəln]
❼ -em	[əm]	Atem	呼吸	[ˈaːtəm]
❽ -en	[ən]	Boden	地板	[ˈboːdən]
❾ -ve	[və]	Motive	動機（Motiv 的複數）	[moˈtiːvə]
❿ -ung	[ʊŋ]	Zeitung	報紙	[ˈt͡saɪ̯tʊŋ]

◆ 字母組合 -ig 出現在字尾，字母 g 的發音是 [ç] 或 [k] 皆可。
◆ 多數 -el 結尾的單字，-el 的發音 [əl] 和 [l̩] 皆可。
◆ 多數 -en 結尾的單字，-en 的發音 [ən] 和 [n̩] 皆可。

147

知識題 ▶ MP3 6-06

測驗知識點

字母組合 -ig 出現在字尾的發音

字母組合 -ig 出現在字尾，字母 g 的發音是 [ç] 或 [k] 皆可，但若字母組合 -ig 後面又再加上 -er、-e 等字尾，字母 g 的發音是 [g]。請判斷以下單字中的字母 g 的發音是 [ç][k] 還是 [g]，並圈出正確答案。請用本書附贈的「練習書籤」先遮住答案欄。

範例1	**([ç][k])**	[g]	mutig	勇敢的	[ˈmuːtɪç] [ˈmuːtɪk]
範例2	[ç][k]	**([g])**	mutiger	更勇敢的	[ˈmuːtɪgɐ]
❶	[ç][k]	[g]	billig	便宜的	[ˈbɪlɪç] [ˈbɪlɪk]
❷	[ç][k]	[g]	billiger	更便宜的	[ˈbɪlɪgɐ]
❸	[ç][k]	[g]	langweilig	無聊的	[ˈlaŋvaɪ̯lɪç] [ˈlaŋvaɪ̯lɪk]
❹	[ç][k]	[g]	langweiliger	更無聊的	[ˈlaŋvaɪ̯lɪgɐ]

❺	[ç][k]	[g]	lustig	逗人樂的	['lʊstɪç] ['lʊstɪk]
❻	[ç][k]	[g]	lustiger	更逗人樂的	['lʊstɪɐ]
❼	[ç][k]	[g]	fleißig	勤奮的	['flaɪsɪç] ['flaɪsɪk]
❽	[ç][k]	[g]	fleißiger	更勤奮的	['flaɪsɪɐ]
❾	[ç][k]	[g]	wichtig	重要的	['vɪçtɪç] ['vɪçtɪk]
❿	[ç][k]	[g]	wichtiger	更重要的	['vɪçtɪɐ]
⓫	[ç][k]	[g]	schmutzig	骯髒的	['ʃmʊtsɪç] ['ʃmʊtsɪk]
⓬	[ç][k]	[g]	schmutziger	更骯髒的	['ʃmʊtsɪɐ]
⓭	[ç][k]	[g]	nötig	必要的	['nøːtɪç] ['nøːtɪk]
⓮	[ç][k]	[g]	nötiger	更必要的	['nøːtɪɐ]

聽力題 ▶MP3 6-07

測驗知識點
字母組合 **-en, -eln, -ern** 出現在字尾的發音

請圈出聽到的字尾是 [n̩]、[l̩n] 還是 [ɐn]。
請用本書附贈的「練習書籤」先遮住答案欄。以下單字皆為原形動詞。

		單字	中譯	音標
範例	[n̩] ([l̩n]) [ɐn]	handeln	交易、做買賣	[ˈhandl̩n]
❶	[n̩] [l̩n] [ɐn]	fallen	掉落	[ˈfalən]
❷	[n̩] [l̩n] [ɐn]	ändern	改變	[ˈɛndɐn]
❸	[n̩] [l̩n] [ɐn]	baden	洗澡	[ˈbaːdn̩]
❹	[n̩] [l̩n] [ɐn]	leiden	受難、受苦	[ˈlaɪ̯dn̩]
❺	[n̩] [l̩n] [ɐn]	bügeln	熨（衣服）	[ˈbyːgl̩n]
❻	[n̩] [l̩n] [ɐn]	bauen	建造	[ˈbaʊ̯ən]

150

六 | 德文常見字母組合的發音

❼	[n̩] [l̩n] [ɐn]	feiern	慶祝	[ˈfaɪ̯ɐn]
❽	[n̩] [l̩n] [ɐn]	bleiben	待	[ˈblaɪ̯bn̩]
❾	[n̩] [l̩n] [ɐn]	glauben	相信	[ˈglaʊ̯bn̩]
❿	[n̩] [l̩n] [ɐn]	wandern	徒步旅行	[ˈvandɐn]
⓫	[n̩] [l̩n] [ɐn]	sammeln	搜集	[ˈzaml̩n]
⓬	[n̩] [l̩n] [ɐn]	lieben	愛	[ˈliːbn̩]
⓭	[n̩] [l̩n] [ɐn]	bummeln	閒逛	[ˈbʊml̩n]
⓮	[n̩] [l̩n] [ɐn]	bilden	組成	[ˈbɪldn̩]
⓯	[n̩] [l̩n] [ɐn]	verbessern	增進、改善	[fɛɐ̯ˈbɛsɐn]

⑯	[n̩] [l̩n] [ɐn]	laden	充電	[ˈlaːdn̩]
⑰	[n̩] [l̩n] [ɐn]	behandeln	對待	[bəˈhandl̩n]
⑱	[n̩] [l̩n] [ɐn]	pendeln	通勤	[ˈpɛndl̩n]
⑲	[n̩] [l̩n] [ɐn]	weinen	哭	[ˈvaɪ̯nən]
⑳	[n̩] [l̩n] [ɐn]	dauern	持續	[ˈdaʊ̯ɐn]

※ 以下單字皆為名詞

㉑	[n̩] [l̩n] [ɐn]	Eltern	父母、雙親	[ˈɛltɐn]
㉒	[n̩] [l̩n] [ɐn]	Asien	亞洲	[ˈaːzi̯ən]
㉓	[n̩] [l̩n] [ɐn]	Ostern	復活節	[ˈoːstɐn]

六 | 德文常見字母組合的發音

㉔	[n̩] [l̩n] [ɐn]	Süden	南方	['zyːdn̩]
㉕	[n̩] [l̩n] [ɐn]	Bayern	（地名）巴伐利亞州	['baɪ̯ɐn]
㉖	[n̩] [l̩n] [ɐn]	Norden	北方	['nɔʁdn̩]
㉗	[n̩] [l̩n] [ɐn]	Bauern	（男性）農夫（Bauer 的複數）	['baʊ̯ɐn]
㉘	[n̩] [l̩n] [ɐn]	Westen	西方	['vɛstn̩]
㉙	[n̩] [l̩n] [ɐn]	Osten	東方	['ɔstn̩]
㉚	[n̩] [l̩n] [ɐn]	Inseln	島（Insel 的複數）	['ɪnzl̩n]

153

聽力題 ▶MP3 6-08

測驗知識點

字母組合 **-ung** 出現在字尾的發音

字母組合 -ung 是德文裡常見的名詞詞尾。請聆聽音檔，並根據音檔的發音，寫下單字缺少的字母。一個底線僅能填入一個字母。請用本書附贈的「練習書籤」先遮住答案欄。

❶	Ach _ _ _ _ _ !	[ˈaxtʊŋ]	注意！小心！	**Achtung!**
❷	Erfah _ _ _ _ _	[ɛɐ̯ˈfaːʁʊŋ]	經驗	**Erfahrung**
❸	Einla _ _ _ _ _	[ˈaɪ̯nˌlaːdʊŋ]	邀請	**Einladung**
❹	Zei _ _ _ _ _	[ˈt͡saɪ̯tʊŋ]	報紙	**Zeitung**
❺	Füh _ _ _ _ _	[ˈfyːʁʊŋ]	領導；導遊	**Führung**
❻	Hoff _ _ _ _ _	[ˈhɔfnʊŋ]	希望	**Hoffnung**
❼	Klei _ _ _ _ _	[ˈklaɪ̯dʊŋ]	衣服	**Kleidung**

六 | 德文常見字母組合的發音

❽	Regie _ _ _ _ _	[ʁeˈgiːʁʊŋ]	政府	**Regierung**
❾	Mei _ _ _ _ _	[ˈmaɪ̯nʊŋ]	意見	**Meinung**
❿	Lö _ _ _ _ _	[ˈløːzʊŋ]	解答	**Lösung**
⓫	Wäh _ _ _ _ _	[ˈvɛːʁʊŋ]	貨幣	**Währung**
⓬	Ü _ _ _ _ _	[ˈyːbʊŋ]	練習	**Übung**
⓭	Woh _ _ _ _ _	[ˈvoːnʊŋ]	公寓；住所	**Wohnung**
⓮	Sen _ _ _ _ _	[ˈzɛndʊŋ]	（電視）節目	**Sendung**
⓯	Ausbil _ _ _ _ _	[ˈaʊ̯sˌbɪldʊŋ]	（職業）訓練、培訓	**Ausbildung**
⓰	Anmel _ _ _ _ _	[ˈanˌmɛldʊŋ]	報名、登記	**Anmeldung**

4. 子音字母重複出現的字母組合 ▶MP3 6-09

字母組合	發音	範例單字		
❶ bb	[b]	Ebbe	退潮	[ˈɛbə]
❷ dd	[d]	Pudding	布丁	[ˈpʊdɪŋ]
❸ ff	[f]	Waffe	武器	[ˈvafə]
❹ gg	[g]	Bagger	挖土機	[ˈbaɡɐ]
❺ kk	[k]	Akku	電池	[ˈaku]
❻ ll	[l]	Keller	地下室	[ˈkɛlɐ]
❼ mm	[m]	Nummer	號碼	[ˈnʊmɐ]
❽ nn	[n]	Tennis	網球	[ˈtɛnɪs]
❾ pp	[p]	Lappen	抹布	[ˈlapn̩]
❿ rr	[ʁ]	Dürre	乾旱	[ˈdʏʁə]
⓫ ss	[s]	Klasse	班級	[ˈklasə]
⓬ tt	[t]	Bitte!	請！	[ˈbɪtə]
⓭ zz	[t͡s]	Pizza	披薩	[ˈpɪt͡sa]

六｜德文常見字母組合的發音

聽力題 ▶MP3 6-10

測驗知識點
子音字母重複出現在單字中的發音

請聆聽音檔，並根據音檔的發音，寫下單字缺少的字母。一個底線僅能填入一個字母。請用本書附贈的「練習書籤」先遮住答案欄。

	題目	音標	中文	答案
❶	Vorste＿＿＿＿＿＿	[ˈfoːɐ̯ˌʃtɛlʊŋ]	介紹；想像	**Vorstellung**
❷	Zula＿＿＿＿＿＿	[ˈtsuːˌlasʊŋ]	（入學）許可、准許	**Zulassung**
❸	Ausste＿＿＿＿＿＿	[ˈaʊ̯sˌʃtɛlʊŋ]	展覽	**Ausstellung**
❹	Entspa＿＿＿＿＿＿	[ɛntˈʃpanʊŋ]	放鬆、休息	**Entspannung**
❺	Gita＿＿＿＿	[giˈtaʁə]	吉他	**Gitarre**
❻	Te＿＿＿＿sse	[tɛˈʁasə]	露台；屋頂平台	**Terrasse**
❼	Ko＿＿＿＿litone	[ˌkɔmiliˈtoːnə]	（男性）大學同學	**Kommilitone**
❽	Ko＿＿＿＿litonin	[ˌkɔmiliˈtoːnɪn]	（女性）大學同學	**Kommilitonin**
❾	Ro＿＿＿＿	[ˈʁɔbə]	海豹	**Robbe**

157

⑩	Ko _ _ _ _	[ˈkɔfɐ]	行李箱	**Koffer**
⑪	Fla _ _ _	[ˈflagə]	旗子	**Flagge**
⑫	Maro _ _ _	[ˌmaˈʁɔko]	摩洛哥	**Marokko**
⑬	A _ _ _ tit	[apeˈtiːt]	食慾、胃口	**Appetit**

知識題 ▶MP3 6-11

測驗知識點

字母 s, ß 及字母組合 ss 出現在單字中的發音

在一個音節中，字母 s 單獨出現在母音前面的發音是 [z]，但是字母 s 出現在母音後面的發音是 [s]。字母 ß 及字母組合 ss 出現在單字中的發音固定是 [s]。請判斷各單字具有 [z] 和 [s] 當中的哪一個發音，並圈出正確答案。若單字中 [z] 和 [s] 皆有，兩個音標皆圈。

範例	[z] [s]	süß	甜的；可愛的	[zyːs]
❶	[z] [s]	kosten	要價	[ˈkɔstn̩]
❷	[z] [s]	sausen	呼嘯而過	[ˈzaʊ̯zn̩]
❸	[z] [s]	meistens	通常	[ˈmaɪ̯stn̩s]
❹	[z] [s]	essen	吃	[ˈɛsən][ˈɛsn̩]
❺	[z] [s]	heiß	熱的	[haɪ̯s]
❻	[z] [s]	lassen	讓	[ˈlasn̩]

❼	[z]	[s]	weiß	白色的	[vaɪ̯s]
❽	[z]	[s]	Soße	醬料	[ˈzoːsə]
❾	[z]	[s]	fließen	流	[ˈfliːsn̩]
❿	[z]	[s]	Fluss	河流	[flʊs]
⓫	[z]	[s]	lösen	解決	[ˈløːzn̩]
⓬	[z]	[s]	Kasse	收銀台	[ˈkasə]
⓭	[z]	[s]	niesen	打噴嚏	[ˈniːzn̩]
⓮	[z]	[s]	Klasse	班級	[ˈklasə]
⓯	[z]	[s]	lesen	閱讀	[ˈleːzn̩]

5. 不同子音字母湊在一起的字母組合

▶ MP3 6-12

字母組合	發音	範例單字		
❶ ph	[f]	Phase	階段	[ˈfaːzə]
❷ ck	[k]	Picknick	野餐	[ˈpɪkˌnɪk]
❸ pf	[p͡f]	Pfau	孔雀	[p͡faʊ̯]
❹ ds	[t͡s]	abends	在晚上的時候	[ˈaːbn̩t͡s]
❺ ts		Monatsmiete	月租金	[ˈmoːnat͡sˌmiːtə]
❻ tz		jetzt	現在	[jɛt͡st]
❼ sch	[ʃ]	Tisch	桌子	[tɪʃ]
❽ dt	[t]	Stadt	城市	[ʃtat]
❾ th		Thema	主題	[ˈteːma]
❿ tsch	[t͡ʃ]	Deutsch	德文	[dɔɪ̯t͡ʃ]
⓫ dsch	[d͡ʒ]	Fidschi	斐濟	[ˈfɪd͡ʒi]
⓬ ng	[ŋ]	Anfang	開始	[ˈanˌfaŋ]
⓭ nk	[ŋk]	Bank	銀行	[baŋk]

161

字母組合	發音	範例單字		
⑭ ch	[x]	Buch	書	[buːx]
	[ç]	ich	我	[ɪç]
⑮ qu	[kv]	Quatsch!	胡扯！	[kvatʃ]
⑯ chs	[ks]	Fuchs	狐狸	[fʊks]

◆ 字母組合 ch 的發音
1. 在原生的德文字彙中，字母組合 ch 出現在 a、o、u、au 後面的發音是 [x]，其餘情況發 [ç]，比如字母組合 ch 出現在其他母音 e、i、ä、ö、ü、ei、eu 或子音後面時發 [ç]。
2. 在外來語字彙中，字母組合 ch 有多種不同發音，包括 [ʃ]、[tʃ]、[ç]、[k]。德文裡初學者必會的外來語單字詳見第九單元。

◆ 以下單字的發音需特別留意
1. heutzutage（當今、現在）雖然有字母組合 tz，但其發音是 [ˈhɔɪtʦuˌtaːgə]，不是 [ˈhɔɪʦuˌtaːgə]。
2. nächst（下一次的）雖然有字母組合 chs，但其發音是 [nɛːçst]，不是 [nɛːkst]。

六 | 德文常見字母組合的發音

知識題 ▶ MP3 6-13

字母 z 及字母組合 ds, ts, tz 出現在單字中的發音皆是 [ts]。請將以下單字中發 [ts] 的字母圈起來。請用本書附贈的「練習書籤」先遮住答案欄。

測驗知識點
字母 **z** 及字母組合 **ds, ts, tz** 出現在單字中的發音

範例	Satz	[zats]	句子	Sa(tz)
❶	jetzt	[jɛtst]	現在	je(tz)t
❷	abends	[ˈaːbn̩ts]	在晚上的時候	aben(ds)
❸	Zwiebel	[ˈtsviːbl̩]	洋蔥	(Z)wiebel
❹	Platz	[plats]	廣場；座位	Pla(tz)
❺	nichts	[nɪçts]	什麼也沒有	nich(ts)
❻	nachts	[naxts]	在夜裡的時候	nach(ts)

163

❼	Salz	[zalt͡s]	鹽	Salz
❽	Katze	[ˈkat͡sə]	貓	Katze
❾	sitzen	[ˈzɪt͡sn̩]	坐	sitzen
❿	Mietshaus	[ˈmiːt͡sˌhau̯s]	出租的房子	Mietshaus
⓫	Zeit	[t͡sai̯t]	時間	Zeit
⓬	Arbeitsplatz	[ˈaʁbai̯t͡sˌplat͡s]	工作場所	Arbeitsplatz
⓭	Monatsmiete	[ˈmoːnat͡sˌmiːtə]	月租金	Monatsmiete
⓮	Niemandsland	[ˈniːmant͡sˌlant]	無人居住的地區	Niemandsland
⓯	Geburtstag	[ɡəˈbuːɐ̯t͡sˌtaːk]	生日	Geburtstag

六 | 德文常見字母組合的發音

知識題 ▶MP3 6-14

測驗知識點
字母組合 **sch, tsch, dsch** 出現在單字中的發音

字母組合 sch 出現在單字中的發音是 [ʃ]。字母組合 tsch 的發音是 [t͡ʃ]。字母組合 dsch 的發音是 [d͡ʒ]。請判斷以下單字具有 [ʃ]、[t͡ʃ]、[d͡ʒ] 當中的哪一個音，並圈出正確答案。請用本書附贈的「練習書籤」先遮住答案欄。

❶	[ʃ] [t͡ʃ] [d͡ʒ]	**Fisch**	魚	[fɪʃ]
❷	[ʃ] [t͡ʃ] [d͡ʒ]	**Tschüss!**	再見！	[t͡ʃʏs]
❸	[ʃ] [t͡ʃ] [d͡ʒ]	**Tasche**	口袋	[ˈtaʃə]
❹	[ʃ] [t͡ʃ] [d͡ʒ]	**Matsch**	爛泥	[mat͡ʃ]
❺	[ʃ] [t͡ʃ] [d͡ʒ]	**Dschungel**	叢林	[ˈd͡ʒʊŋl̩]
❻	[ʃ] [t͡ʃ] [d͡ʒ]	**schlafen**	睡覺	[ˈʃlaːfn̩]
❼	[ʃ] [t͡ʃ] [d͡ʒ]	**duschen**	洗澡	[ˈdʊʃn̩]
❽	[ʃ] [t͡ʃ] [d͡ʒ]	**Fidschi**	斐濟	[ˈfɪd͡ʒi]
❾	[ʃ] [t͡ʃ] [d͡ʒ]	**waschen**	洗	[ˈvaʃn̩]

⑩	[ʃ]	[t͡ʃ]	[d͡ʒ]	Deutschland	德國	[ˈdɔɪ̯t͡ʃlant]
⑪	[ʃ]	[t͡ʃ]	[d͡ʒ]	schwimmen	游泳	[ˈʃvɪmən]
⑫	[ʃ]	[t͡ʃ]	[d͡ʒ]	Tschau!	再見！	[t͡ʃaʊ̯]
⑬	[ʃ]	[t͡ʃ]	[d͡ʒ]	schmecken	嚐起來	[ˈʃmɛkn̩]
⑭	[ʃ]	[t͡ʃ]	[d͡ʒ]	Deutsch	德文	[dɔɪ̯t͡ʃ]
⑮	[ʃ]	[t͡ʃ]	[d͡ʒ]	Schnee	雪	[ʃneː]
⑯	[ʃ]	[t͡ʃ]	[d͡ʒ]	Kutsche	馬車	[ˈkʊt͡ʃə]
⑰	[ʃ]	[t͡ʃ]	[d͡ʒ]	schnell	快的	[ʃnɛl]
⑱	[ʃ]	[t͡ʃ]	[d͡ʒ]	Dschihad	護教聖戰	[d͡ʒiˈhaːt]
⑲	[ʃ]	[t͡ʃ]	[d͡ʒ]	Dolmetscher	（男性）口譯員	[ˈdɔlmɛt͡ʃɐ]
⑳	[ʃ]	[t͡ʃ]	[d͡ʒ]	schneiden	切	[ˈʃnaɪ̯dn̩]

六 | 德文常見字母組合的發音

知識題 ▶MP3 6-15

測驗知識點
字母組合 **ch** 出現在單字中的發音

字母組合 ch 出現在 a、o、u、au 後面的發音是 [x]，其餘情況發 [ç]。請判斷以下單字中的字母組合 ch 的發音是 [x] 還是 [ç]，並圈出正確答案。請用本書附贈的「練習書籤」先遮住答案欄。

❶	[x]	[ç]	ich	我	[ɪç]
❷	[x]	[ç]	noch	還	[nɔx]
❸	[x]	[ç]	auch	也	[aʊ̯x]
❹	[x]	[ç]	Mädchen	女孩	[ˈmɛːtçən]
❺	[x]	[ç]	Buch	書	[buːx]
❻	[x]	[ç]	Milch	牛奶	[mɪlç]
❼	[x]	[ç]	machen	做	[ˈmaxn̩]

167

❽	[x]	[ç]	glücklich	幸運的；幸福的	[ˈglʏklɪç]
❾	[x]	[ç]	kochen	煮	[ˈkɔxn̩]
❿	[x]	[ç]	nachts	在夜裡時	[naxt͡s]
⓫	[x]	[ç]	täglich	每天	[ˈtɛːklɪç]
⓬	[x]	[ç]	Hochdeutsch	標準德文	[ˈhoːxdɔɪ̯t͡ʃ]
⓭	[x]	[ç]	Schnäppchen	便宜貨、特價商品	[ˈʃnɛpçən]
⓮	[x]	[ç]	schwach	虛弱的	[ʃvax]
⓯	[x]	[ç]	schwächer	更虛弱的	[ˈʃvɛçɐ]

◆ 字母組合 -lich[lɪç] 是德文裡常見的形容詞後綴，比如：glücklich[ˈglʏklɪç] 幸運的；幸福的、täglich[ˈtɛːklɪç] 每天的、möglich[ˈmøːklɪç] 可能的。

六 | 德文常見字母組合的發音

聽力題 ▶MP3 6-16

測驗知識點
字母組合 **ng** 出現在單字中的發音

在一個音節中，字母組合 ng 出現在母音後面的發音是 [ŋ]。請聆聽音檔，並根據音檔的發音，寫下單字缺少的字母。一個底線僅能填入一個字母。請用本書附贈的「練習書籤」先遮住答案欄。

❶	j _ _ _ _	[jʊŋ]	年輕的	jung
❷	J _ _ _ _ _	[ˈjʊŋə]	男孩	Junge
❸	l _ _ _ _ _	[ˈlaŋə]	很久地	lange
❹	A _ _ _ _ _	[aŋst]	擔憂	Angst
❺	s _ _ _ _ _ _	[ˈzɪŋən]	唱	singen
❻	k _ _ _ _ _ _ _	[ˈklɪŋən]	聽起來	klingen
❼	H _ _ _ _ _ _	[ˈhʊŋɐ]	飢餓	Hunger
❽	A _ _ _ _ _ _	[ˈanˌfaŋ]	開始	Anfang
❾	E _ _ _ _ _ _ _	[ˈɛŋlɪʃ]	英語	Englisch
❿	F _ _ _ _ _ _	[ˈfɪŋɐ]	手指	Finger
⓫	M _ _ _ _ _	[ˈmɛŋə]	數量	Menge

169

聽力題 ▶MP3 6-17

測驗知識點

字母組合 **nk** 出現在單字中的發音

在一個音節中，字母組合 nk 出現在母音後面的發音是 [ŋk]，不是 [nk]。請聆聽音檔，並根據音檔的發音，寫下單字缺少的字母。一個底線僅能填入一個字母。請用本書附贈的「練習書籤」先遮住答案欄。

❶	l _ _ _	[lɪŋk]	左邊的	link
❷	B _ _ _ _	[baŋk]	銀行	Bank
❸	P _ _ _ _ _	[pʊŋkt]	句號；點	Punkt
❹	O _ _ _ _ _	[ˈɔŋkl̩]	叔；伯；舅；姑丈	Onkel
❺	d _ _ _ _ _ _	[ˈdɛŋkn̩]	認為	denken
❻	d _ _ _ _ _ _	[ˈdaŋkn̩]	感謝	danken
❼	D _ _ _ _ _ !	[ˈdaŋkə]	謝謝！	Danke!
❽	s _ _ _ _ _ _ _	[ˈʃɛŋkn̩]	贈送	schenken
❾	E _ _ _ _ _	[ˈɛŋkl̩]	男孫	Enkel
❿	E _ _ _ _ _ _ _	[ˈɛŋkəlɪn]	孫女	Enkelin

六 | 德文常見字母組合的發音

聽力題 ▶MP3 6-18

測驗知識點
字母組合 qu, chs 及字母 x 出現在單字中的發音

字母組合 qu 出現在單字中的發音是 [kv]。字母組合 chs 及字母 x 出現在單字中的發音皆是 [ks]。請聆聽音檔，並圈選單字中出現 [kv] 還是 [ks]。請用本書附贈的「練習書籤」先遮住答案欄。

❶	[kv]	[ks]	Quelle	水源、源頭	[ˈkvɛlə]
❷	[kv]	[ks]	Quatsch!	胡扯！	[kvatʃ]
❸	[kv]	[ks]	Fax	傳真	[faks]
❹	[kv]	[ks]	Qualität	品質	[ˌkvaliˈtɛːt]
❺	[kv]	[ks]	Taxi	計程車	[ˈtaksi]
❻	[kv]	[ks]	bequem	舒服的	[bəˈkveːm]
❼	[kv]	[ks]	Text	課文	[tɛkst]
❽	[kv]	[ks]	Antiquität	古董	[antikviˈtɛːt]
❾	[kv]	[ks]	Hexe	巫婆	[ˈhɛksə]

171

⑩	[kv]	[ks]	Exmann	前夫	[ˈɛksˌman]
⑪	[kv]	[ks]	Qualifikation	資格	[kvalifikaˈt͡sjoːn]
⑫	[kv]	[ks]	Wechsel	變化、變遷	[ˈvɛksl̩]
⑬	[kv]	[ks]	Fuchs	狐狸	[fʊks]
⑭	[kv]	[ks]	Qual	痛苦	[kvaːl]
⑮	[kv]	[ks]	Wachs	蠟	[vaks]
⑯	[kv]	[ks]	quälen	折磨（某人）	[ˈkvɛːlən]
⑰	[kv]	[ks]	wachsen	生長	[ˈvaksn̩]
⑱	[kv]	[ks]	Ochse	公牛	[ˈɔksə]
⑲	[kv]	[ks]	faxen	傳真	[ˈfaksn̩]
⑳	[kv]	[ks]	Axt	斧	[akst]

6. 不同子音字母搭配字母 r 出現在母音前面

▶MP3 6-19

	字母組合	發音	範例單字		
❶	br-	[bʁ]	Brot	麵包	[bʁoːt]
❷	dr-	[dʁ]	Druck	壓力	[dʁʊk]
❸	fr-	[fʁ]	Frau	妻子；女士（同英語 Ms. / Mrs. / Miss）	[fʁaʊ̯]
❹	gr-	[gʁ]	Gramm	克、公克	[gʁam]
❺	kr-	[kʁ]	Krieg	戰爭	[kʁiːk]
❻	pr-	[pʁ]	Preis	價格；獎賞	[pʁaɪ̯s]
❼	schr-	[ʃʁ]	schreiben	寫	[ˈʃʁaɪ̯bn̩]
❽	spr-	[ʃpʁ]	Spruch	格言	[ʃpʁʊx]
❾	str-	[ʃtʁ]	Stress	壓力	[ʃtʁɛs]
❿	tr-	[tʁ]	Traum	夢想	[tʁaʊ̯m]

173

聽力題 ▶ MP3 6-20

|測驗知識點|
不同子音字母搭配字母 **r** 出現在母音前面的發音

請寫出聽到的字母，每個空格限填一個字母。請用本書附贈的「練習書籤」先遮住答案欄。以下單字皆為名詞，故第一個字母須大寫。

❶	_ _ _ _ _	[bʁoːt]	麵包	**Brot**
❷	_ _ _ _ _ ße	[ˈʃtʁaːsə]	街道	**Straße**
❸	_ _ eis	[pʁaɪ̯s]	價格；獎賞	**Preis**
❹	_ _ _ _ _ _ _ _	[ʦiˈtʁoːnə]	檸檬	**Zitrone**
❺	_ _ _ ck	[dʁʊk]	壓力	**Druck**
❻	_ _ au	[fʁaʊ̯]	妻子；女士 (同英語 Ms. / Mrs./ Miss)	**Frau**
❼	_ _ _ lle	[ˈbʁɪlə]	眼鏡	**Brille**
❽	_ _ _ _ _ _	[aˈpʁɪl]	四月	**April**

174

⑨	＿＿＿ess	[ʃtʀɛs]	壓力	Stress
⑩	＿＿＿＿＿＿	[ˈfʀaːɡə]	問題	Frage
⑪	＿＿ieg	[kʀiːk]	戰爭	Krieg
⑫	＿＿＿＿＿＿	[faˈbʀiːk]	工廠	Fabrik
⑬	A＿＿esse	[aˈdʀɛsə]	地址	Adresse
⑭	＿＿＿＿che	[ˈʃpʀaːxə]	語言	Sprache
⑮	＿＿ebs	[kʀɛps]	螃蟹；癌症	Krebs
⑯	＿＿＿＿nd	[ʃtʀant]	海灘	Strand
⑰	＿＿＿＿＿!	[pʀoːst]	乾杯！	Prost!
⑱	＿＿enze	[ˈɡʀɛntsə]	邊界、國界	Grenze

⑲ _ _ _ _ _ _ _	[ˈaːfʁika]	非洲	**Afrika**
⑳ _ _ _ _ der	[ˈbʁuːdɐ]	哥哥；弟弟	**Bruder**
㉑ _ _ _ _ _ ch	[ʃpʁʊx]	格言	**Spruch**
㉒ _ _ _ _ _ _	[ˈdʁaːma]	戲劇	**Drama**
㉓ _ _ _ _ eik	[ʃtʁaɪ̯k]	罷工	**Streik**
㉔ _ _ äne	[ˈtʁɛːnə]	眼淚	**Träne**
㉕ _ _ _ _ _ _ _ _	[ˈpʁyːfʊŋ]	考試	**Prüfung**
㉖ _ _ _ _ _ _ _ _	[pʁoˈdʊkt]	產品	**Produkt**

※ 以下單字皆為動詞，故第一個字母小寫即可

㉗ _ _ _ _ _ eiben	[ˈʃʁaɪ̯bn̩]	寫	**schreiben**

六 | 德文常見字母組合的發音

㉘	＿＿＿ngen	[ˈbʁɪŋən]	帶來、拿來	**bringen**
㉙	＿＿effen	[ˈtʁɛfn̩]	遇見、碰到（某人）	**treffen**
㉚	＿＿＿＿＿eien	[ˈʃʁaɪ̯ən]	喊、吼	**schreien**
㉛	＿＿＿cken	[ˈdʁʏkn̩]	壓、按（某物）	**drücken**
㉜	＿＿＿cken	[ˈdʁʊkn̩]	印、印刷（某物）	**drucken**
㉝	＿＿＿gen	[ˈfʁaːgn̩]	問	**fragen**
㉞	＿＿＿llen	[ˈgʁɪlən]	（放在烤架上）烤	**grillen**

177

七 重音落在特定音節的字首及字尾

📖 1. 重音固定落在第二音節的字首 ▶MP3 7-01

單字若具以下字首，重音落在第二音節：be-, empf-, ent-, er-, ge-, ver-, zer-（例外：beben 等）。

	字首	發音	範例單字		
❶	be-	[bə]	bekommen	獲得	[bəˈkɔmən]
❷	empf-	[ɛmˈpf͜]	empfinden	感覺到	[ɛmˈpf͜ɪndn̩]
❸	ent-	[ɛnt]	entdecken	發現	[ɛntˈdɛkn̩]
❹	er-	[ɛɐ̯]	erledigen	完成	[ɛɐ̯ˈleːdɪgn̩]
❺	ge-	[gə]	gefallen	使…喜歡	[gəˈfalən]
❻	ver-	[fɛɐ̯]	verkaufen	賣	[fɛɐ̯ˈkaʊ̯fn̩]
❼	zer-	[t͜sɛɐ̯]	zerlegen	拆卸、拆開	[t͜sɛɐ̯ˈleːgn̩]

七│重音落在特定音節的字首及字尾

聽力題 ▶MP3 7-02

測驗知識點
字母組合 be-, empf-, ent-, er-, ge-, ver-, zer- 出現在字首的發音

請寫出聽到的字首，每個空格限填一個字母。請用本書附贈的「練習書籤」先遮住答案欄。以下單字皆為原形動詞，故第一個字母小寫即可。

№	題目	音標	中文	答案
❶	__ __ deuten	[bəˈdɔɪtn̩]	意思是…	bedeuten
❷	__ __ __ __ __ angen	[ɛmˈpfaŋən]	收到；接待	empfangen
❸	__ __ __ reißen	[tsɛɐ̯ˈʁaɪsn̩]	撕破、撕碎	zerreißen
❹	__ __ __ kaufen	[fɛɐ̯ˈkaʊfn̩]	賣	verkaufen
❺	__ __ sichtigen	[bəˈzɪçtɪgn̩]	參觀	besichtigen
❻	__ __ ginnen	[bəˈgɪnən]	開始	beginnen
❼	__ __ __ __ __ ehlen	[ɛmˈpfeːlən]	推薦	empfehlen
❽	__ __ __ scheiden	[ɛntˈʃaɪdn̩]	決定	entscheiden
❾	__ __ ledigen	[ɛɐ̯ˈleːdɪgn̩]	完成	erledigen
❿	__ __ __ gessen	[fɛɐ̯ˈgɛsn̩]	忘記	vergessen

179

⑪	__ winnen	[gəˈvɪnən]	贏；贏得	**gewinnen**
⑫	__ reichen	[ɛɐ̯ˈʁaɪçn̩]	抵達	**erreichen**
⑬	___ lassen	[fɛɐ̯ˈlasn̩]	離開	**verlassen**
⑭	__ zahlen	[bəˈtsaːlən]	支付	**bezahlen**
⑮	___ bessern	[fɛɐ̯ˈbɛsɐn]	增進、改善	**verbessern**
⑯	__ fallen	[gəˈfalən]	使…喜歡	**gefallen**
⑰	___ decken	[ɛntˈdɛkn̩]	發現	**entdecken**
⑱	___ stören	[tsɛɐ̯ˈʃtøːʁən]	毀壞	**zerstören**
⑲	__ kommen	[bəˈkɔmən]	獲得	**bekommen**
⑳	____ inden	[ɛmˈp͡fɪndn̩]	感覺到	**empfinden**
㉑	__ zählen	[ɛɐ̯ˈtsɛːlən]	描述	**erzählen**
㉒	___ stehen	[ɛntˈʃteːən]	出現、形成	**entstehen**

2. 重音通常落在最後一個音節的字尾

▶ MP3 7-03

具以下字尾的單字，重音落在最後音節：-al, -ei, -ur, -ist, -eur, -ent, -tät, -ell, -ant, -är, -gion, -tion, -tient, -sion, -ssion。

	字尾	發音	範例單字		
❶	-al	[aːl]	Kanal	運河；（自媒體）頻道	[kaˈnaːl]
❷	-ei	[aɪ]	Polizei	警方	[ˌpoliˈtsaɪ]
❸	-ur	[uːɐ̯]	Natur	自然	[naˈtuːɐ̯]
❹	-ist	[ɪst]	Polizist	（男性）警察	[poliˈtsɪst]
❺	-eur	[øːɐ̯]	Amateur	（男性）業餘愛好者	[amaˈtøːɐ̯]
❻	-ent	[ɛnt]	Talent	才華	[taˈlɛnt]
❼	-tät	[tɛːt]	Identität	身分	[iˌdɛntiˈtɛːt]
❽	-ell	[ɛl]	Karamell	焦糖	[kaʁaˈmɛl]
❾	-ant	[ant]	Elefant	大象	[eleˈfant]
❿	-är	[ɛːɐ̯]	Militär	軍隊	[miliˈtɛːɐ̯]

字尾	發音	範例單字		
⑪ -gion	[gi̯oːn]	Religion	宗教	[ʁeliˈgi̯oːn]
⑫ -tion	[t͡si̯oːn]	Nation	國家	[naˈt͡si̯oːn]
⑬ -tient	[t͡si̯ɛnt]	Patient	病人	[paˈt͡si̯ɛnt]
⑭ -sion	[zi̯oːn]	Pension	退休金；膳宿	[pɛnˈzi̯oːn]
⑮ -ssion	[si̯oːn]	Diskussion	討論	[dɪskʊˈsi̯oːn]

◆ 多數以上的名詞若加上複數字尾，重音音節會變成在倒數第二個音節，比如 Polizist 的複數是 Polizisten，發音是 [poliˈt͡sɪstn̩]。

◆ 字母 t 在字母組合 -tion 和 -tient 當中的發音是 [t͡s]。

◆ 以 -ion 結尾的單字，多數來自拉丁語或法語，屬於外來語單字（Fremdwörter），重音原則上落在最後一個音節，例外：Stadion [ˈʃtaːdi̯ɔn] 體育場。

七 | 重音落在特定音節的字首及字尾

聽力題 ▶ MP3 7-04

請寫出聽到的字尾,每個空格限填一個字母。請用本書附贈的「練習書籤」先遮住答案欄。

測驗知識點

字母組合 -al, -ei, -ur, -ist, -eur, -ent, -tät, -ell, -ant, -är 出現在字尾的發音

❶	Ka _ _ _	[kaˈnaːl]	運河	**Kanal**
❷	Bäcke _ _ _	[ˌbɛkəˈʁaɪ̯]	麵包店	**Bäckerei**
❸	Konti _ _ _ _	[kɔntiˈnɛnt]	洲	**Kontinent**
❹	Speziali _ _ _	[ʃpeʦi̯aliˈtɛːt]	名產	**Spezialität**
❺	Abi _ _ _	[ˌabiˈtuːɐ̯] *Abitur 是德國的大學入學資格考試,通過的學生就有資格申請德國大學或高等學府,一般在德國高中（Gymnasium）第 12 或 13 年級結束時進行,是德國大學入學的必要條件。	高級中學畢業考	**Abitur**
❻	Lo _ _ _	[loˈkaːl]	飯館	**Lokal**
❼	Poli _ _ _	[ˌpoliˈʦaɪ̯]	警方	**Polizei**
❽	Kul _ _ _	[kʊlˈtuːɐ̯]	文化	**Kultur**

183

⑨	Mo _ _ _ _ !	[moˈmɛnt]	等一下！	**Moment!**
⑩	Metzge _ _ _ _	[mɛtsgəˈʁaɪ̯]	肉舖	**Metzgerei**
⑪	Nationali _ _ _	[natsi̯onaliˈtɛːt]	國籍	**Nationalität**
⑫	Ta _ _ _ _	[taˈlɛnt]	才華	**Talent**
⑬	to _ _ _	[toˈtaːl]	完全的、全部的	**total**
⑭	Na _ _ _	[naˈtuːɐ̯]	自然	**Natur**
⑮	Ak _ _ _ _ _	[akˈtsɛnt]	重音；腔調	**Akzent**
⑯	Ama _ _ _ _ _	[amaˈtøːɐ̯]	（男性）業餘愛好者	**Amateur**
⑰	Medika _ _ _ _	[medikaˈmɛnt]	藥品	**Medikament**
⑱	Tasta _ _ _	[tastaˈtuːɐ̯]	鍵盤	**Tastatur**
⑲	Kompli _ _ _ _ _	[ˌkɔmpliˈmɛnt]	客套話、恭維話	**Kompliment**

七 | 重音落在特定音節的字首及字尾

⑳	Kara＿＿＿＿	[kaʁaˈmɛl]	焦糖	Karamell
㉑	Ele＿＿＿＿	[eleˈfant]	大象	Elefant
㉒	Mili＿＿＿	[miliˈtɛːɐ̯]	軍隊	Militär
㉓	Fri＿＿＿	[fʁiˈzøːɐ̯]	（男性）理髮師	Friseur

3. 重音固定落在倒數第二個音節的字尾

▶MP3 7-05

具以下字尾的單字，重音落在倒數第二個音節：-ieren, -ismus。

	字尾	發音	範例單字		
❶	-ieren	[iːʁən]	diskutieren	討論	[dɪskuˈtiːʁən]
❷	-ismus	[ɪsmʊs]	Tourismus	旅遊業	[tuˈʁɪsmʊs]

185

聽力題 ▶MP3 7-06

測驗知識點

字母組合 -ieren 出現在字尾的發音

請聆聽音檔,並圈出重音音節的字母。請用本書附贈的「練習書籤」先遮住答案欄。

範例	diskutieren	[dɪskuˈtiːʁən]	討論	disku(tie)ren
❶	akzeptieren	[ˌakt͡sɛpˈtiːʁən]	接受(某物)	akzep(tie)ren
❷	telefonieren	[teləfoˈniːʁən]	(和某人)通電話	telefo(nie)ren
❸	buchstabieren	[ˌbuːxʃtaˈbiːʁən]	(用字母)拼寫…	buchsta(bie)ren
❹	fotografieren	[fotoɡʁaˈfiːʁən]	為(某人)拍照	fotogra(fie)ren
❺	funktionieren	[fʊŋkˈt͡si̯oˈniːʁən]	(機器等)正常運轉	funktio(nie)ren
❻	gratulieren	[ɡʁatuˈliːʁən]	祝賀	gratu(lie)ren
❼	kombinieren	[kɔmbiˈniːʁən]	組合(某物)	kombi(nie)ren

186

七 | 重音落在特定音節的字首及字尾

❽	markieren	[maʁˈkiːʁən]	在...上作記號	mark**ie**ren
❾	korrigieren	[kɔʁiˈgiːʁən]	修正、修改（某物）	korrig**ie**ren
❿	studieren	[ʃtuˈdiːʁən]	讀大學；專攻（某物）	stud**ie**ren
⓫	verlieren	[fɛɐ̯ˈliːʁən]	遺失；輸掉（某物）	verl**ie**ren
⓬	nummerieren	[nʊməˈʁiːʁən]	給（某物）編號	nummer**ie**ren
⓭	organisieren	[ɔʁgani̯ˈziːʁən]	組織、安排（某物）	organis**ie**ren
⓮	probieren	[pʁoˈbiːʁən]	品嚐（某物）	prob**ie**ren
⓯	sortieren	[zɔʁˈtiːʁən]	分類（某物）	sort**ie**ren
⓰	produzieren	[pʁoduˈʦiːʁən]	生產（某物）	produz**ie**ren

聽力題 ▶ MP3 7-07

測驗知識點
字母組合
-ion, -ismus
出現在字尾的發音

請寫出聽到的字尾，每個空格限填一個字母。請用本書附贈的「練習書籤」先遮住答案欄。

❶	Lek _ _ _ _ _	[lɛkˈt͡si̯oːn]	（教科書）課	**Lektion**
❷	Disku _ _ _ _ _ _	[dɪskʊˈsi̯oːn]	討論	**Diskussion**
❸	Situa _ _ _ _ _	[zituaˈt͡si̯oːn]	局勢	**Situation**
❹	Informa _ _ _ _ _	[ɪnfɔʁmaˈt͡si̯oːn]	（多用複數）資訊	**Information**
❺	Depre _ _ _ _ _ _	[depʁɛˈsi̯oːn]	抑鬱、沮喪	**Depression**
❻	Produk _ _ _ _ _	[pʁodʊkˈt͡si̯oːn]	生產、製造	**Produktion**
❼	Tradi _ _ _ _ _	[tʁadiˈt͡si̯oːn]	傳統	**Tradition**
❽	Organisa _ _ _ _ _	[ˌɔʁganizaˈt͡si̯oːn]	機構、組織	**Organisation**
❾	Pa _ _ _ _ _ _	[paˈt͡si̯ɛnt]	（男性）病人	**Patient**

188

七│重音落在特定音節的字首及字尾

⑩	Präposi _ _ _ _ _	[pʁɛpoziˈt͡si̯oːn]	介詞；介係詞	**Präposition**
⑪	Re _ _ _ _ _ _	[ʁeˈɡi̯oːn]	地區	**Region**
⑫	Kau _ _ _ _ _	[kaʊ̯ˈt͡si̯oːn]	押金、保證金	**Kaution**
⑬	Kommunika _ _ _ _ _	[kɔmunikaˈt͡si̯oːn]	聯絡；交流	**Kommunikation**
⑭	Pen _ _ _ _ _	[pɛnˈzi̯oːn]	退休金	**Pension**
⑮	Tou _ _ _ _ _ _ _	[tuˈʁɪsmʊs]	旅遊業	**Tourismus**
⑯	Re _ _ _ _ _ _	[ʁeliˈɡi̯oːn]	宗教	**Religion**
⑰	Kapita _ _ _ _ _ _	[kapitaˈlɪsmʊs]	資本主義	**Kapitalismus**
⑱	Sozia _ _ _ _ _ _ _	[zot͡si̯aˈlɪsmʊs]	社會主義	**Sozialismus**
⑲	Kommu _ _ _ _ _ _ _	[ˌkɔmuˈnɪsmʊs]	共產主義	**Kommunismus**
⑳	U _ _ _ _ _	[uˈni̯oːn]	聯合、聯盟	**Union**
㉑	Rebel _ _ _ _ _	[ʁebɛˈli̯oːn]	反叛、造反	**Rebellion**

189

有些德文單字，當重音擺在不同音節時會有不同的中文意思，以下舉三個例子：

範例單字	發音	重音	中文意思
❶ übersetzen	[ˈyːbɐˌzɛʦn̩]	第一音節	將（某物／人）運載過河
	[ˌyːbɐˈzɛʦn̩]	第二音節	翻譯（某物）
❷ umlaufen	[ˈʊmˌlaʊ̯fn̩]	第一音節	撞倒（某物／人）（用跑的方式）
	[ʊmˈlaʊ̯fn̩]	第二音節	繞著（某物／人）跑
❸ umfahren	[ˈʊmˌfaːʁən]	第一音節	撞倒（某物／人）（用開車的方式）
	[ʊmˈfaːʁən]	第二音節	繞過（某物／人）（開車閃避）

有些德文單字，加上特定前綴後，單字的意思及重音位置皆改變，以下各舉一例：

特定前綴	範例單字			備註
❶ ab-	fahren	駕駛（某物）	[ˈfaːʁən]	重音轉到前綴 ab-
	abfahren	出發、啓程	[ˈapˌfaːʁən]	
❷ an-	kommen	來	[ˈkɔmən]	重音轉到前綴 an-
	ankommen	到達	[ˈanˌkɔmən]	

190

七 | 重音落在特定音節的字首及字尾

特定前綴	範例單字			備註
❸ auf-	stehen	站	[ˈʃteːən]	重音轉到前綴 auf-
	aufstehen	起床	[ˈaʊ̯fˌʃteːən]	
❹ aus-	gehen	走；去；可行	[ˈgeːən]	重音轉到前綴 aus-
	ausgehen	外出、出門	[ˈaʊ̯sˌgeːən]	
❺ ein-	steigen	爬、攀登	[ˈʃtaɪ̯gn̩]	重音轉到前綴 ein-
	einsteigen	登上（車、船、飛機）	[ˈaɪ̯nˌʃtaɪ̯gn̩]	
❻ mit-	kommen	來	[ˈkɔmən]	重音轉到前綴 mit-
	mitkommen	同來、一起來	[ˈmɪtˌkɔmən]	
❼ nach-	geben	給	[ˈgeːbn̩]	重音轉到前綴 nach-
	nachgeben	屈服、讓步	[ˈnaːxˌgeːbn̩]	
❽ vor-	stellen	豎放、直放	[ˈʃtɛlən]	重音轉到前綴 vor-
	vorstellen	介紹	[ˈfoːɐ̯ˌʃtɛlən]	

191

◆ 上一頁表格的前綴本身皆具有實質意思，可獨立作為單字使用。除了 ein-，其餘皆為德語裡的介詞：

- ab：從……起（表示時間或數量）
- an：在……的旁邊；到……的旁邊
- auf：在……的上面；到……的上面（表示接觸的表面）
- aus：從……出來；來自……（表示來源、方向）
- ein：一、一個（德語不定冠詞）
- mit：與……一起；用……（表示工具）
- nach：在……之後（表示時間）；往……（表示方向）
- vor：在……之前（表示時間或空間）；到……的前面

八 拆解單字音節的核心規則

▶ MP3 8-01

音節是能夠自然發出和覺察到的最小語音結構單位，比如中文，原則上一個中文字就是一個音節，極少有例外。每一個音節一定都會有一個「音節核」，本書第一單元介紹的 17 個單母音音標及 3 個雙母音音標皆可扮演「音節核」的角色。由此可見，「音節核」通常是母音字母，包括單母音字母 a, e, i, o, u, ä, ö, ü 及雙母音字母 ai, ei, au, eu, äu, ie 等。

最簡單的音節僅由「音節核」構成，比如：德文單字 Ei（雞蛋），發音是 [aɪ]，但大多數的情況下，在一個音節中，「音節核」的左右兩邊還會有不同的子音字母。比如：德文單字 diskutieren（討論），發音是 [dɪskuˈtiːʁən]，由 dis·ku·tie·ren 四個音節所構成，其各自的「音節核」分別為 i、u、ie、e。以下是拆解德文單字音節的核心規則：

📖 1. 子音加母音是最容易拆解的音節

	範例單字			音節數
❶	Pfle-ge	護理、照顧	[ˈp͡fleːgə]	2
❷	Schwa-be	（男性）施瓦本人 ＊施瓦本位於德國南部	[ˈʃvaːbə]	2
❸	To-ma-te	番茄	[toˈmaːtə]	3
❹	Ka-na-da	加拿大	[ˈkanada]	3

2. 單字中間的母音字母可以自成一個音節

	範例單字			音節數
❶	Di-a-log	對話、對白	[diaˈloːk]	3
❷	Po-e-sie	詩歌	[ˌpoeˈziː]	3
❸	Si-tu-a-ti-on	局勢	[zituaˈʦi̯oːn]	5

3. 單字字尾的母音字母不能自成一個音節

	範例單字			音節數
❶	Knie	膝蓋	[kniː]	1
❷	Li-nie	（政治 / 公車）路線	[ˈliːni̯ə]	2
❸	Fa-mi-lie	家人	[faˈmiːli̯ə]	3

　　鑒於上述規則，德文名詞加上複數詞尾，或形容詞加上特定詞尾，都可能導致單字的音節變多及特定字母的發音改變，比如 Tier（動物）[tiːɐ] 是單音節，字母 r 出現在長母音後面的發音是 [ɐ]，但 Tier 的複數形式 Tie-re [ˈtiːʁə] 具有兩個音節，字母 r 出現在母音前的發音是 [ʁ]。其他類似情況包括：

八 | 拆解單字音節的核心規則

◆ 以下名詞加上複數詞尾後皆多出一個音節，特定字母的發音亦改變

	中文	單數名詞		複數形式		備註
❶	小偷	Dieb	[diːp]	Die·be	[ˈdiːbə]	字母 b 的發音從 [p] 變成 [b]
❷	歌曲	Lied	[liːt]	Lie·der	[ˈliːdɐ]	字母 d 的發音從 [t] 變成 [d]
❸	國王	Kö·nig	[ˈkøːnɪç] [ˈkøːnɪk]	Kö·ni·ge	[ˈkøːnɪɡə]	字母 g 的發音從 [ç] 或 [k] 皆變成 [g]
❹	門	Tür	[tyːɐ̯]	Tü·ren	[ˈtyːʁən]	字母 r 的發音從 [ɐ̯] 變成 [ʁ]
❺	證件	Aus·weis	[ˈaʊ̯sˌvaɪ̯s]	Aus·wei·se	[ˈaʊ̯svaɪ̯zə]	字母 s 的發音從 [s] 變成 [z]

◆ 以下形容詞加上詞尾後皆多出一個音節，特定字母的發音亦改變

	原級形容詞			比較級形容詞			備註
❶	klug	聰明的	[kluːk]	klü·ger	更聰明的	[ˈklyːɡɐ]	字母 g 的發音從 [k] 變成 [g]
❷	mut·los	膽小的	[ˈmuːtloːs]	mut·lo·ser	更膽小的	[ˈmuːtloːzɐ]	字母 s 的發音從 [s] 變成 [z]

195

4. 特定的字母組合不能被分開，如 -ch, -ck, -sch 等

	範例單字			音節數
❶	De-cke	天花板	[ˈdɛkə]	2
❷	Kir-che	教堂	[ˈkɪʁçə]	2
❸	Kir-sche	櫻桃	[ˈkɪʁʃə]	2

5. 單字中若有多個相連子音字母，最後一個子音字母屬下一個音節

	範例單字			音節數
❶	Ges-te	手勢、姿態	[ˈgɛstə]	2
❷	Gäs-te	客人（Gast 的複數）	[ˈgɛstə]	2
❸	Wes-pe	蜂、黃蜂	[ˈvɛspə]	2
❹	Kas-ten	箱、盒	[ˈkastn̩]	2
❺	Fens-ter	窗戶	[ˈfɛnstɐ]	2
❻	nutz-los	無用的	[ˈnʊtsloːs]	2

6. 拆解複合字的音節，應在兩個單字的連接處分開

　　什麼是「複合字」？這是德語的一大特色，也是初學者常覺得「德文單字怎麼這麼長？」的原因之一。但其實掌握規則後，會發現這是一種非常有邏輯、極具表達力的語言特色！德文複合字是由兩個或兩個以上「有明確意義」的詞組合成一個新的詞，用來表達更精確的概念。這些詞大多數是名詞，但也有形容詞或動詞。以下是「複合字」特色：

(1) 最後一個詞是核心詞，它決定了整個複合字名詞的性別

　　　Autotür（汽車門）＝ Auto（車）＋ Tür（門）

　　→ Auto 是中性名詞；Tür 是陰性名詞；Autotür 是陰性名詞。

(2) 德文允許把很多詞組在一起，形成超長的詞

　　　雖然這種極端長字在現代多不用，但理論上是正確的。例如：

　　　Donaudampfschifffahrtsgesellschaftskapitän
　　　（多瑙河蒸汽船運公司的船長）
　　＝ Donau（多瑙河）＋ Dampf（蒸汽）＋ Schiff（船）＋ Fahrt（路程）
　　　＋ Gesellschaft（公司）＋ Kapitän（船長）
　　＝ Donau（多瑙河）＋ Dampf（蒸汽）＋ Schifffahrt（船運）＋
　　　Gesellschaft（公司）＋ Kapitän（船長）

(3) 為了讓複合字好讀，單字與單字之間有時會加上 -s-、-n-、-es- 等連接音

Arbeitszeit（工時）= Arbeit（工作）+ Zeit（時間）→ 加上連接音 -s

Geburtsort（出生地）= Geburt（出生）+ Ort（地方）→ 加上 -s

(4) 複合字最常見的組合形式包括：

❶ 名詞 + 名詞

Flughafen（機場）= Flug（飛行）+ Hafen（港口）

❷ 形容詞 + 名詞

Hochhaus（高樓、大廈）= hoch（高的）+ Haus（房子）

Weißwein（白葡萄酒）= weiß（白色的）+ Wein（紅酒、葡萄酒）

❸ 動詞詞幹 + 名詞

Wohnzimmer（客廳）= wohnen（居住）的詞幹 + Zimmer（房間）

Esszimmer（家裡的飯廳）= essen（吃）的詞幹 + Zimmer（房間）

◆ Ab-bau 拆除 [ˈapˌbaʊ]，音節數：2 個

解析 字母組合 bb 出現在單字中的發音是 [b]，但此規則不適用於複合字。Abbau 是由 ab（脫離；減去；從……開始）和 Bau（建造）這兩個德文單字組成的複合字，不能將 Abbau 讀成 [ˈabaʊ]。

◆ acht-und-drei-ßig 三十八 [ˈaxtʊntˌdʁaɪ̯sɪç][ˈaxtʊntˌdʁaɪ̯sɪk]，音節數：4 個

解析 字母組合 dd 出現在單字中的發音是 [d]，但此規則不適用於複合字。achtunddreißig 是由 acht（八）、und（以及）、dreißig（三十）這三個德文單字組成的複合字，不能將 achtunddreißig 讀成 [ˈaxtʊnˌdʁaɪ̯sɪç]。

◆ Kauf-frau 女性商務專業人員；女商人 [ˈkaʊ̯fˌfʁaʊ̯]，音節數：2 個
  解析 字母組合 ff 出現在單字中的發音是 [f]，但此規則不適用於複合字。Kauffrau 是由 Kauf（購買）和 Frau（女士；妻子）這兩個德文單字組成的複合字，不能將 Kauffrau 讀成 [ˈkaʊ̯ˌfʁaʊ̯]。

◆ Flug-gast 飛機乘客 [ˈfluːkˌgast]，音節數：2 個
  解析 字母組合 gg 出現在單字中的發音是 [g]，但此規則不適用於複合字。Fluggast 是由 Flug（飛行）和 Gast（客人）這兩個德文單字組成的複合字，不能將 Fluggast 讀成 [ˈfluːˌgast]。

◆ Traum-mann 理想丈夫；完美男人 [ˈtʁaʊ̯mˌman]，音節數：2 個
  解析 字母組合 mm 出現在單字中的發音是 [m]，但此規則不適用於複合字。Traummann 是由 Traum（夢想）和 Mann（男人；丈夫）這兩個德文單字組成的複合字，不能將 Traummann 讀成 [ˈtʁaʊ̯ˌman]。

◆ Aus-spra-che 發音 [ˈaʊ̯sˌʃpʁaːxə]，音節數：3 個
  解析 字母組合 ss 出現在單字中的發音是 [s]，但此規則不適用於複合字。Aussprache 是由 aus（從…的裡面出來）和 Sprache（語言）這兩個德文單字組成的複合字，不能將 Aussprache 讀成 [ˈaʊ̯sˌpʁaːxə]。字母組合 sp 的發音是 [ʃp]。

◆ Markt-tag 市集日 [ˈmaʁktˌtaːk]，音節數：2 個
  解析 字母組合 tt 出現在單字中的發音是 [t]，但此規則不適用於複合字。Markttag 是由 Markt（市場、集市）和 Tag（日、天）這兩個德文單字組成的複合字，不能將 Markttag 讀成 [ˈmaʁkˌtaːk]。

◆ Bei-spiel 例子 [ˈbaɪˌʃpiːl]，音節數：2 個
  解析 字母組合 st, sp 在非字首或非字尾時通常屬不同音節，但此規則不適用於複合字。Beispiel 是由 bei（在⋯的地方）和 Spiel（比賽；玩耍）這兩個德文單字組成的複合字，不能將 Beispiel 讀成 [ˈbaɪsˌpiːl]。

◆ Tat-sa-che 事實、真相 [ˈtaːtˌzaxə]，音節數：3 個
  解析 字母組合 ts 在單字中發 [ʦ]，但此規則不適用於複合字。Tatsache 是由 Tat（行為）和 Sache（物品；事件）這兩個德文單字組成的複合字，不能將 Tatsache 讀成 [ˈtaːˌʦaxə]。

◆ Grund-satz 原則；原理 [ˈɡʁʊntˌzaʦ]，音節數：2 個
  解析 字母組合 ds 在單字中發 [ʦ]，但此規則不適用於複合字。Grundsatz 是由 Grund（原因；基礎）和 Satz（句子）這兩個德文單字組成的複合字，不能將 Grundsatz 讀成 [ˈɡʁʊnˌʦaʦ]。

◆ Gast-haus 客棧、供食宿的旅店 [ˈɡastˌhaʊ̯s]，音節數：2 個
  解析 字母組合 th 在單字中發 [t]，但此規則不適用於複合字。Gasthaus 是由 Gast（客人）和 Haus（房子）這兩個德文單字組成的複合字，不能將 Gasthaus 讀成 [ˈɡasˌtaʊ̯s]。

◆ Hand-schuh 手套 [ˈhantʃuː]，音節數：2 個
  解析 字母組合 dsch 出現在單字中的發音是 [ʤ]，但此規則不適用於複合字。Handschuh 是由 Hand（手）及 Schuh（鞋子）這兩個德文單字組成的複合字，不能將 Handschuh 讀成 [ˈhanʤuː]。

◆ Zeit-schrift 雜誌 [ˈtsaɪtˌʃʀɪft]，音節數：2 個

解析　字母組合 tsch 出現在單字中的發音是 [tʃ]，但此規則不適用於複合字。Zeitschrift 是由 Zeit（時間）及 Schrift（字型）這兩個德文單字組成的複合字，不能將 Zeitschrift 讀成 [ˈtsaɪtʃʀɪft]。

📖 7. 部分特定的字首或字尾可以自成一個音節

字首：be-, ent-, er-, empf-, ge-, ver-, zer- 等
字尾：-bar, -chen, -heit, -keit, -lich, -los, -nis, -schaft 等

◆ un-nö-tig 不必要的 [ˈʊnˌnøːtɪç]，音節數：3 個

解析　字母組合 nn 出現在單字中的發音是 [n]，但 unnötig 是由特定字首 un- 和 nötig（必要的）組成，字首 un- 可以自成一個音節，不能將 unnötig 讀成 [ˈʊˌnøːtɪç]。字首 un- 是一個常見且具有否定作用的前綴，通常用來表示「不」、「無」或「反對」的意思。這個字首可以加在形容詞、名詞、動詞等詞彙前，用來改變原本詞彙的含義，表示與某種狀態或特質相反。

◆ ent-täuscht 令人失望的 [ɛntˈtɔɪʃt]，音節數：2 個

解析　字母組合 tt 出現在單字中的發音是 [t]，但 enttäuscht 具有特定字首 ent-，ent- 可以自成一個音節，不能將 enttäuscht 讀成 [ɛnˈtɔɪʃt]。

◆ er-rei-chen 抵達 [ɛɐ̯ˈʁaɪ̯çn̩]，音節數：3 個
  解析 字母組合 rr 出現在單字中的發音是 [ʁ]，但 erreichen 是由特定字首 er- 和 reichen（足夠）組成，字首 er- 可以自成一個音節，不能將 erreichen 讀成 [ɛˈʁaɪ̯çn̩]。

◆ ver-rückt 瘋的、精神錯亂的 [fɛɐ̯ˈʁʏkt]，音節數：2 個
  解析 字母組合 rr 出現在單字中的發音是 [ʁ]，但 verrückt 具有特定字首 ver-，ver- 可以自成一個音節，不能將 verrückt 讀成 [fɛˈʁʏkt]。

◆ Land-schaft 風景 [ˈlantʃaft]，音節數：2 個
  解析 字母組合 dsch 出現在單字中的發音是 [dʒ]，但 Landschaft 是由 Land（國家；鄉下）及特定字尾 -schaft 組成，-schaft 可以自成一個音節，不能將 Landschaft 讀成 [ˈland͡ʒaft]。

8. 複合母音（例如：ei, au, eu, äu）須保留在同一個音節中

	範例單字			音節數
❶	**fei-ern**	慶祝	[ˈfaɪ̯ɐn]	2
❷	**schau-en**	看、瞧	[ˈʃaʊ̯ən]	2
❸	**er-neu-en**	更新；修復	[ɛɐ̯ˈnɔɪ̯ən]	3

九 德文裡初學者必會的外來語單字

▶MP3 9-01

雖說德文的發音極具規則，但還是有部分單字的發音不按牌理出牌，原則上這些單字就是德文裡的外來語單字。當這些外來語被拿來使用時，通常原始的發音會被保留下來，導致這些外來語單字的發音沒有遵守德文的發音規則。

以下這些單字雖然起源於其他語言，但在德文中已經被充分吸收和使用，已經成為德文高頻詞彙的一部分。以下統整德文裡初學者必會的外來語單字，並特別註記發音未遵守德文發音規則的字母或字母組合，學習時請特別留意發音。

1. 字母 c 在外來語單字的發音：[k][t͡s][t͡ʃ]

德文原生詞（即古日耳曼語系來源的詞）幾乎不使用 c 作為詞首字母。因此，德文裡以字母 c 開頭的單字幾乎都是從其它語言借來，而且發音有多種可能，就是因為各單字的來源不同。

情況 1：
字母 c 在以下外來語單字中的發音是 [k]，後方通常接續字母 a、o 或 u

❶	Café	咖啡館	[kaˈfeː]	德文沒有 é 這個字母，但由於使用頻繁，故保留了法語原字的拼寫
❷	Cafeteria	自助餐館	[kafeteˈʁiːa]	

203

❸	**Club**	俱樂部	[klʊp]	
❹	**Comic**	漫畫	[ˈkɔmɪk]	
❺	**Couch**	長沙發椅	[kaʊt͡ʃ]	ou 的發音是 [aʊ̯]
❻	**Cousin**	堂/表兄弟	[kuˈzɛŋ]	in 的發音是 [ɛŋ] 不是 [iːn]
❼	**Cousine**	堂/表姐妹	[kuˈziːnə]	
❽	**Campus**	校園	[ˈkampʊs]	
❾	**Camping**	露營	[ˈkɛmpɪŋ]	a 的發音是 [ɛ] 不是 [a]
❿	**Computer**	電腦	[kɔmˈpjuːtɐ]	u 的發音是 [juː] 不是 [uː]
⓫	**Container**	貨櫃	[ˌkɔnˈteːnɐ] [ˌkɔnˈtɛɪnɐ]	ai 的發音是 [eː] 或 [ɛɪ] 不是 [aɪ]

情況 2：
字母 c 在以下外來語單字中的發音是 [t͡s]，後方通常接續字母 i 或 e

❶	**Cent**	（歐元）分	[t͡sɛnt]	
❷	**circa**	大約	[ˈt͡sɪʁka]	
❸	**Celsius**	（溫度）攝氏	[ˈt͡sɛlzi̯ʊs]	

情況 3：
字母 c 在以下外來語單字中的發音是 [t͡ʃ]

❶	**Cello**	大提琴	[ˈt͡ʃɛlo]	
❷	**Cellist**	大提琴家	[t͡ʃɛˈlɪst]	

2. 字母 g 在外來語單字的發音：[ʒ]

字母 g 在外來語單字中的發音是 [ʒ]。[ʒ] 這個音素只會出現在外來語單字中。

❶	Orange	橙	[oˈʁaŋʒə]	n 的發音是 [ŋ]
❷	Garage	車庫	[gaˈʁaːʒə]	
❸	Ingenieur	（男性）工程師	[ɪnʒeˈni̯øːɐ̯]	nieur 的發音是 [ni̯øːɐ̯]
❹	Ingenieurin	（女性）工程師	[ɪnʒeˈni̯øːʁɪn]	nieu 的發音是 [ni̯øː]
❺	Etage	層、樓	[eˈtaːʒə]	
❻	Passagier	乘客	[ˌpasaˈʒiːɐ̯]	

3. 字母 j 在外來語單字的發音：[d͡ʒ]

❶	Job	（臨時）工作	[d͡ʒɔp]	
❷	jobben	打工	[ˈd͡ʒɔbn̩]	
❸	joggen	慢跑	[ˈd͡ʒɔgn̩]	
❹	Jazz	爵士音樂	[d͡ʒɛːs]	azz 的發音是 [ɛːs]

4. 字母 v 在外來語單字的發音：[v]

❶	Verb	動詞	[vɛʁp]	
❷	Vase	花瓶	[ˈvaːzə]	
❸	Video	影片、視頻	[ˈviːdeo]	
❹	Visum	簽證	[ˈviːzʊm]	
❺	Klavier	鋼琴	[klaˈviːɐ̯]	
❻	Vulkan	火山	[vʊlˈkaːn]	
❼	Pullover	毛衣	[pʊˈloːvɐ]	
❽	Silvester	元旦前夜	[zɪlˈvɛstɐ]	
❾	Souvenir	紀念品	[zuvəˈniːɐ̯]	
❿	servieren	將(某物)端上桌	[zɛʁˈviːʁən]	
⓫	Nervosität	緊張、不安	[nɛʁvoziˈtɛːt]	
⓬	Aktivität	積極性	[aktiviˈtɛːt]	
⓭	Universität	大學	[ˌunivɛʁziˈtɛːt]	
⓮	Vakzin	疫苗	[vakˈt͡siːn]	
⓯	Vokal	母音、元音	[voˈkaːl]	
⓰	Interview	面試、面談	[ˈɪntɐvjuː]	view 的發音是 [vjuː]

5. 字母 y 在外來語單字的發音：[yː][ʏ][j][i]

\multicolumn{5}{l}{情況 1：字母 y 在音節中若扮演音節核的角色，發音為 [yː] 或 [ʏ]}
❶	**Typ**	類型	[tyːp]	
❷	**Asyl**	避難；避難所	[aˈzyːl]	
❸	**anonym**	匿名的	[ˌanoˈnyːm]	
❹	**Ägypten**	埃及	[ˌɛˈgʏptn̩]	
❺	**Symbol**	象徵	[zʏmˈboːl]	
❻	**System**	體系、系統	[zʏsˈteːm]	
❼	**Hymne**	聖歌；國歌	[ˈhʏmnə]	
\multicolumn{5}{l}{情況 2：字母 y 出現在字首，發音是 [j]（y 開頭的單字通常是外來語）}
❶	**Yoga**	瑜伽	[ˈjoːga]	
❷	**Yacht**	遊艇	[jaxt]	
❸	**Yoghurt**	酸奶	[ˈjoːgʊʁt]	字母 h 不發音
\multicolumn{5}{l}{情況 3：字母 y 出現在非重音字尾，發音是 [i]（和英語相同）}
❶	**Baby**	嬰兒、寶寶	[ˈbeːbi]	a 的發音是 [eː] 不是 [aː]
❷	**Handy**	手機	[ˈhɛndi]	a 的發音是 [ɛ] 不是 [a]
❸	**Hobby**	興趣、愛好	[ˈhɔbi]	
❹	**Party**	派對	[ˈpaːɐ̯ti]	

6. 字母組合 ch 在外來語單字的發音：[ʃ][t͡ʃ][ç][k]

	情況 1：字母組合 ch 在以下外來語單字中的發音是 [ʃ]			
❶	Chef	男老闆；男領導者	[ʃɛf]	
❷	Chefin	女老闆；女領導者	[ˈʃɛfɪn]	
❸	Chance	機會	[ˈʃaŋsə]	n 的發音是 [ŋ] 不是 [n] ce 的發音是 [sə]
❹	Chauffeur	司機	[ʃɔˈfø:ɐ̯]	au 的發音是 [ɔ] 不是 [aʊ] eu 的發音是 [ø:] 不是 [ɔɪ]
❺	Chiffre	代號	[ˈʃɪfʀə]	
❻	Champagner	香檳酒	[ʃamˈpanjɐ]	g 不發音 ner 的發音是 [njɐ]
	情況 2：字母組合 ch 在以下外來語單字中的發音是 [t͡ʃ]			
❶	checken	檢查	[ˈt͡ʃɛkn̩]	
❷	chatten	聊天	[ˈt͡ʃɛtn̩]	a 的發音是 [ɛ] 不是 [a]
❸	Couch	長沙發椅	[kaʊ̯t͡ʃ]	ou 的發音是 [aʊ̯]
❹	Chip	晶片	[t͡ʃɪp]	
❺	Chile	智利	[ˈt͡ʃi:lə]	
❻	Sandwich	三明治	[ˈzɛntvɪt͡ʃ]	a 的發音是 [ɛ] 不是 [a]

九 | 德文裡初學者必會的外來語單字

	情況 3：字母組合 ch 在以下外來語單字的發音是 [ç]			
❶	China	中國	[ˈçiːna]	
❷	Chemie	化學	[çeˈmiː]	
❸	Chinesisch	中文	[çiˈneːzɪʃ]	
❹	Chinese	男中國人	[çiˈneːzə]	
❺	Chinesin	女中國人	[çiˈneːzɪn]	
❻	Chemiker	男化學家	[ˈçeːmɪkɐ]	
❼	Chemikerin	女化學家	[ˈçeːmɪkəʁɪn]	
	情況 4：字母組合 ch 在以下外來語單字的發音是 [k]			
❶	Chor	合唱團	[koːɐ̯]	
❷	Chaos	混亂	[ˈkaːɔs]	
❸	Charakter	性格；特徵	[kaˈʁaktɐ]	
❹	Chronik	編年史	[ˈkʁoːnɪk]	
❺	Christ	基督徒	[kʁɪst]	

209

7. 字母組合 aille 在外來語單字的發音是 [aljə]

❶	Medaille	獎牌	[me'daljə]
❷	Taille	腰	['taljə]
❸	Emaille	瓷漆、亮漆	[e'maljə]

8. 其他基礎外來語單字

❶	Ski	滑雪	[ʃiː]	
❷	Restaurant	餐廳	[ˌʁɛstoˈʁant]	au 的發音是 [o] 不是 [aʊ]
❸	Toilette	廁所	[toˈlɛtə]	i 不發音
❹	Mayonnaise	美乃滋	[majoˈnɛːzə]	ai 的發音是 [ɛː]
❺	scannen	掃描	[ˈskɛnən]	a 的發音是 [ɛ]
❻	Service	服務	[ˈsəːvɪs]	r 不發音
❼	Team	團隊	[tiːm]	ea 的發音是 [iː]
❽	online	在網路上	[ˈɔnlaɪ̯n]	line 的發音是 [laɪ̯n]
❾	shoppen	購物	[ˈʃɔpn̩]	sh 的發音是 [ʃ]
❿	Wow!	哇！	[waʊ̯]	維持英語的發音
⓫	Atelier	工作室	[atəˈli̯eː] [ateˈli̯eː]	lier 的發音是 [li̯eː]
⓬	Volleyball	排球	[ˈvɔliˌbal]	V 的發音是 [v]；ey 的發音是 [i]

德文發音規則複習總表

1. 各母音音標相應的發音規則 ▶MP3 10-01

單母音

音標	出現時機	範例單字		
[aː]	字母 a 後方無任何子音字母 (重音節)	da	在那裡	[daː]
	字母 a 後方僅一個子音字母 (重音節)	Dame	女士	[ˈdaːmə]
	字母組合 aa 發 [aː] (重音節)	Aas	(獸類)屍體	[aːs]
	字母組合 ah 發 [aː] (重音節)	Fahne	旗、旗幟	[ˈfaːnə]
[a]	字母 a 後方有連續子音字母 (重音節)	Blatt	葉子	[blat]
	字母 a 在非重音的開音節中發 [a]	Salat	沙拉	[zaˈlaːt]
[ɐ]	字母 r 出現在長母音後發 [ɐ]	Haar	頭髮	[haːɐ̯]
	字尾 -er 發 [ɐ] (非重音節)	oder	或、或者	[ˈoːdɐ]
	字尾 -ert 發 [ɐt] (非重音節)	begeistert	興奮的	[bəˈɡaɪ̯stɐt]
	字尾 -ern 發 [ɐn] (非重音節)	verbessern	增進、改善	[fɛɐ̯ˈbɛsɐn]
	字首 er- 發 [ɛɐ̯] (非重音節)	Ergebnis	結果	[ɛɐ̯ˈɡeːpnɪs]
	字首 ver- 發 [fɛɐ̯] (非重音節)	Verlag	出版社	[fɛɐ̯ˈlaːk]
	字首 zer- 發 [t͡sɛɐ̯] (非重音節)	Zerfall	倒塌、崩塌	[t͡sɛɐ̯ˈfal]

211

音標	出現時機	範例單字		
[ɛː]	字母 ä 後方僅一個子音字母（重音節）	Täter	犯罪者	[ˈtɛːtɐ]
	字母組合 äh 的發音是 [ɛː]（重音節）	Zähler	（數學）分子	[ˈtsɛːlɐ]
[ɛ]	字母 e 後方有連續子音字母（重音節）	Test	測驗	[tɛst]
	字母 ä 後方有連續子音字母（重音節）	fällen	砍伐	[ˈfɛlən]
[ə]	字母 e 出現在字尾發 [ə]（非重音節）	Note	分數	[ˈnoːtə]
	字母 e 出現在重音音節後的非重音音節發 [ə]，如字尾 -el, -em, -en, -es, -et 的 e 皆發 [ə]	alles	一切	[ˈaləs]
	字首 be- 發 [bə]（非重音節）	bezahlen	支付	[bəˈtsaːlən]
	字首 ge- 發 [gə]（非重音節）	gefallen	使…喜歡	[gəˈfalən]
[oː]	字母 o 後方無任何子音字母（重音節）	so	如此地	[zoː]
	字母 o 後方僅一個子音字母（重音節）	Hose	褲子	[ˈhoːzə]
	字母組合 oo 發 [oː]（重音節）	Zoo	動物園	[tsoː]
	字母組合 oh 發 [oː]（重音節）	Bohne	豆子	[ˈboːnə]
[o]	字母 o 在非重音的開音節中發 [o]	Foto	照片	[ˈfoːto]
[ɔ]	字母 o 後方有連續子音字母（重音節）	hoffen	希望	[ˈhɔfn̩]
[eː]	字母 e 後方僅一個子音字母（重音節）	beten	祈禱	[ˈbeːtn̩]
	字母組合 ee 發 [eː]（重音節）	See	湖	[zeː]
	字母組合 eh 發 [eː]（重音節）	Fehler	錯誤	[ˈfeːlɐ]
[e]	字母 e 在非重音的開音節中發 [e]，但字母 e 必須是位於重音音節前（例外：字首 be-, ge-）	Telefon	電話	[teleˈfoːn]

十 德文發音規則複習總表

音標	出現時機	範例單字		
[ø:]	字母 ö 後方僅一個子音字母（重音節）	töten	殺	[ˈtø:tn̩]
	字母組合 öh 發 [ø:]（重音節）	Höhle	洞穴	[ˈhø:lə]
	字母組合 oe 發 [ø:]（重音節）	Goethe	歌德	[ˈgø:tə]
[ø]	字母 ö 在非重音的開音節中發 [ø]	Ökonomie	經濟學	[ˌøkonoˈmi:]
[œ]	字母 ö 後方有連續子音字母（重音節）	Hölle	地獄	[ˈhœlə]
[i:]	字母 i 後方僅一個子音字母（重音節）	Tiger	虎	[ˈti:gɐ]
	字母組合 ie 發 [i:]（重音節）	Fliege	蒼蠅	[ˈfli:gə]
	字母組合 ih 發 [i:]（重音節）	ihr	你們	[i:ɐ̯]
	字母組合 ieh 發 [i:]（重音節）	Vieh	家畜	[fi:]
[i]	字母 i 在非重音的開音節中發 [i]	Haiti	海地	[haˈi:ti]
	字母 y 在字尾作為音節核發 [i]（非重音節）	Party	派對	[ˈpa:ɐ̯ti]
[ɪ]	字母 i 後方有連續子音字母（重音節）	Liste	清單	[ˈlɪstə]
[u:]	字母 u 後方無任何子音字母（重音節）	Tabu	禁忌	[taˈbu:]
	字母 u 後方僅一個子音字母（重音節）	Flut	洪水	[flu:t]
	字母組合 uh 發 [u:]（重音節）例外：Uhu [ˈu:hu] 雕鴞（一種非常大的貓頭鷹）	Uhr	鐘；錶	[u:ɐ̯]
	字母組合 ou 發 [u:]（重音節）（外來語）	Tour	旅遊	[tu:ɐ̯]
[u]	字母 u 在非重音的開音節中發 [u]	Museum	博物館	[muˈze:ʊm]
[ʊ]	字母 u 後方有連續子音字母（重音節）	Butter	黃油	[ˈbʊtɐ]
	字母 u 在非重音的閉音節中發 [ʊ]	Datum	日期	[ˈda:tʊm]

音標	出現時機	範例單字		
[yː]	字母 ü 後方無任何子音字母（重音節）	Menü	菜單	[meˈnyː]
	字母 ü 後方僅一個子音字母（重音節）	Blüte	花、花朵	[ˈblyːtə]
	字母組合 üh 發 [yː]（重音節）	Bühne	舞台	[ˈbyːnə]
	字母 y 作為音節核且後方僅一個子音字母（重音節）	Typ	類型	[tyːp]
[y]	字母 ü 在非重音的開音節中發 [y]	Büro	辦公室	[byˈʁoː]
	字母 y 在非重音的開音節中發 [y]，但字母 y 必須是位於重音節前	Synagoge	猶太教堂	[ˌzynaˈgoːgə]
[ʏ]	字母 ü 後方有連續子音字母（重音節）	Hütte	小屋	[ˈhʏtə]
	字母 y 後方有連續子音字母（重音節）	Hymne	聖歌；國歌	[ˈhʏmnə]
	字母 y 在非重音的閉音節中發 [ʏ]，但字母 y 必須是位於重音節前	System	體系、系統	[zʏsˈteːm]

📝 雙母音

音標	出現時機	範例單字		
[aɪ̯]	字母組合 ai 發 [aɪ̯]	Waise	孤兒	[ˈvaɪ̯zə]
	字母組合 ei 發 [aɪ̯]	Kleid	連衣裙	[klaɪ̯t]
	字母組合 ay 發 [aɪ̯]	Bayern	（德國邦州）巴伐利亞州	[ˈbaɪ̯ɐn]
	字母組合 ey 發 [aɪ̯]	Meyer	（德國姓氏）邁爾	[ˈmaɪ̯ɐ]
[aʊ̯]	字母組合 au 發 [aʊ̯]	Laune	心情	[ˈlaʊ̯nə]
[ɔɪ̯]	字母組合 eu 發 [ɔɪ̯]	Zeugnis	證明書	[ˈtsɔɪ̯knɪs]
	字母組合 äu 發 [ɔɪ̯]	Säule	柱子	[ˈzɔɪ̯lə]

周邊雙母音

不屬於德文標準語的核心音系，但仍偶爾出現在感嘆詞或外來語中，例如：

音標	出現時機	範例單字		
[ʊɪ̯]	字母組合 ui 發 [ʊɪ̯]	Pfui!	表示噁心、厭惡、蔑視、憤怒、不贊同、不滿和嘲笑的感嘆詞	[p͡fʊɪ̯]
[ɛɪ̯]	英語外來詞	Mail	電子郵件（E-Mail 的縮寫）	[mɛɪ̯m]
[ɔʊ̯]	英語外來詞	Show	表演；娛樂節目	[ʃɔʊ̯][ʃoː]

2. 各子音音標相應的發音規則 ▶ MP3 10-02

音標	出現時機	範例單字		
[b]	字母 b 在母音前發 [b]	Ebene	平原	[ˈeːbənə]
	字母組合 bb 發 [b]	Ebbe	退潮	[ˈɛbə]
[d]	字母 d 在母音前發 [d]	leider	可惜地	[ˈlaɪ̯dɐ]
	字母組合 dd 發 [d]	Pudding	布丁	[ˈpʊdɪŋ]
[f]	字母 f 在母音前後的發音皆是 [f]	Seife	肥皂	[ˈzaɪ̯fə]
	字母 v 在母音前後的發音皆是 [f]	vor	在…的前面	[foːɐ̯]
	字母組合 ff 發 [f]	Koffer	行李箱	[ˈkɔfɐ]
	字母組合 ph 發 [f]	Phase	階段	[ˈfaːzə]
[g]	字母 g 在母音前發 [g]	Magen	胃	[ˈmaːgn̩]
	字母組合 gg 發 [g]	Bagger	挖土機	[ˈbagɐ]

音標	出現時機	範例單字		
[h]	字母 h 在母音前發 [h]	Hai	鯊魚	[haɪ̯]
[j]	字母 j 在母音前發 [j]	Jade	玉	[ˈjaːdə]
	字母 y 在母音前發 [j]	Yak	氂牛	[jak]
[k]	字母 k 在母音前後的發音皆是 [k]	Knabe	男孩	[ˈknaːbə]
	字母 g 在詞尾發 [k]	klug	聰明的	[kluːk]
	字母 g 在母音後面發 [k]	überzeugt	深信不疑的	[yːbɐˈt͡sɔɪ̯kt]
	字母 c 在部分外來語發 [k]	Comic	漫畫	[ˈkɔmɪk]
	字母組合 kk 發 [k]	Akku	電池	[ˈaku]
	字母組合 ck 發 [k]	Wecker	鬧鐘	[ˈvɛkɐ]
	字母組合 ch 在部分外來語發 [k]	Chaos	混亂	[ˈkaːɔs]
[l]	字母 l 在母音前後的發音皆是 [l]	Lampe	燈；電燈	[ˈlampə]
	字母組合 ll 發 [l]	sollen	應該	[ˈzɔlən]
[l̩]	字母組合 el 在非重音節發 [l̩]	Ampel	紅綠燈	[ˈampl̩]
[m]	字母 m 在母音前後的發音皆是 [m]	lahm	麻木的	[laːm]
	字母組合 mm 發 [m]	Himmel	天空	[ˈhɪml̩]
[n]	字母 n 在母音前後的發音皆是 [n]	nun	現在	[nuːn]
	字母組合 nn 發 [n]	Kanne	壺	[ˈkanə]
[n̩]	字母組合 en 在非重音節發 [n̩]	Abend	傍晚；晚上	[ˈaːbn̩t]

德文發音規則複習總表

音標	出現時機	範例單字		
[p]	字母 p 出現在母音前後的發音皆是 [p]	**Papier**	紙	[paˈpiːɐ̯]
	字母 b 出現在字尾發 [p]	**Dieb**	小偷	[diːp]
	字母 b 出現在母音後面發 [p]	**Obst**	水果	[oːpst]
	字母組合 pp 發 [p]	**Puppe**	(玩具)娃娃	[ˈpʊpə]
[p͡f]	字母組合 pf 發 [p͡f]	**Pflanze**	植物	[ˈp͡flant͡sə]
[s]	字母 s 在母音後發 [s]	**Glas**	玻璃	[glaːs]
	字母 ß 出現在母音前後的發音皆是 [s]	**Maß**	尺寸；計量單位	[maːs]
	字母組合 ss 發 [s]	**Klasse**	班級	[ˈklasə]
	字首 sk- 發 [sk]	**Skandal**	醜聞	[skanˈdaːl]
	字首 sl- 發 [sl]	**Slowakei**	斯洛伐克	[ˌslovaˈkaɪ̯]
	字首 sc- 發 [sk] (外來語)	**Scanner**	掃描機	[ˈskɛnɐ]
	字首 sm- 發 [sm] (外來語)	**Smog**	霧霾	[smɔk]
	字首 sn- 發 [sn] (外來語)	**Snack**	零食	[snɛk]
[t]	字母 t 出現在母音前後的發音皆是 [t]	**Tat**	行為	[taːt]
	字母 d 出現在詞尾發 [t]	**Wand**	牆壁	[vant]
	字母組合 tt 發 [t]	**Mitte**	中間、中心	[ˈmɪtə]
	字母組合 dt 發 [t]	**verwandt**	有親戚關係的	[fɛɐ̯ˈvant]
	字母組合 th 發 [t]	**Thema**	主題	[ˈteːma]

音標	出現時機	範例單字		
[v]	字母 w 在母音前面的發音是 [v]	wo	(疑問詞) 在哪裡	[voː]
	字母 v 在外來語單字發 [v]	Villa	別墅	[ˈvɪla]
	字母組合 ve 在字尾，字母 v 發 [v]	Motive	動機（Motiv 的複數）	[moˈtiːvə]
[z]	字母 s 在母音前發 [z]	Kaiser	皇帝	[ˈkaɪzɐ]
[ʦ]	字母 z 在母音前後的發音皆是 [ʦ]	Zone	地區、區域	[ˈʦoːnə]
	字母 c 在部分外來語發 [ʦ]	Cent	(歐元)分	[ʦɛnt]
	字母組合 ds 發 [ʦ]	Niemandsland	無人居住的地區	[ˈniːmanʦˌlant]
	字母組合 ts 發 [ʦ]	Monatsmiete	月租金	[ˈmoːnaʦˌmiːtə]
	字母組合 tz 發 [ʦ]	letzt	上一次的	[lɛʦt]
	字母組合 zz 發 [ʦ]	Pizza	披薩	[ˈpɪʦa]
	字母組合 tient 的 t 發 [ʦ]	Patient	(男性)病人	[paˈʦi̯ɛnt]
	字母組合 tion 的 t 發 [ʦ]	Lektion	(教科書)課	[lɛkˈʦi̯oːn]
[ʃ]	字母組合 sch 發 [ʃ]	Schade!	好可惜！	[ˈʃaːdə]
	字母組合 sp- 發 [ʃp]	Spiegel	鏡子	[ˈʃpiːgl̩]
	字母組合 st- 發 [ʃt]	Stuhl	椅子	[ʃtuːl]
	字母組合 ch 在部分外來語發 [ʃ]	Chef	男老闆；男領導者	[ʃɛf]
[ʧ]	字母 c 在部分外來語發 [ʧ]	Cello	大提琴	[ˈʧɛlo]
	字母組合 tsch 發 [ʧ]	Putsch	政變	[pʊʧ]

十 | 德文發音規則複習總表

音標	出現時機	範例單字		
[dʒ]	字母 j 在外來語發 [dʒ]	Job	（臨時）工作	[dʒɔp]
	字母組合 dsch 發 [dʒ]	Fidschi	斐濟	[ˈfɪdʒi]
[ʒ]	字母 g 在外來語發 [ʒ]	Etage	層、樓	[eˈtaːʒə]
[ŋ]	字母組合 ng 在母音後發 [ŋ]	Anfang	開始	[ˈanˌfaŋ]
	字母組合 nk 在母音後發 [ŋk]	Bank	銀行	[baŋk]
[x]	字母組合 ch 在 a, o, u, au 後發 [x]	Buch	書	[buːx]
[ç]	字母組合 ch 前若非 a, o, u, au 發 [ç]	Küche	廚房	[ˈkʏçə]
	字母組合 -ig 在非重音字尾發 [ɪç] 或 [ɪk] 皆可	billig	便宜的	[ˈbɪlɪç][ˈbɪlɪk]
[ʁ]	字母 r 在母音前面的發音是 [ʁ]	Rat	建議	[ʁaːt]
	字母 r 在短母音後發 [ʁ] 或 [ɐ] 皆可	Ort	地方	[ɔʁt]
	字母組合 rr 發 [ʁ]	Dürre	乾旱	[ˈdʏʁə]
[kv]	字母組合 qu 發 [kv]	Quatsch!	胡扯！	[kvatʃ]
[ks]	字母 x 在單字中發 [ks] ＊字母 x 前面的單母音字母總是發短音	Fax	傳真	[faks]
	字母組合 chs 發 [ks]	Fuchs	狐狸	[fʊks]
	字母組合 ks 發 [ks]	Keks	餅乾	[keːks]

附錄 德文數字 ▶MP3 11-01

數字	德文	音標	數字	德文	音標
0	null	[nʊl]			
1	eins	[aɪns]	11	elf	[ɛlf]
2	zwei	[ʦvaɪ]	12	zwölf	[ʦvœlf]
3	drei	[dʁaɪ]	13	dreizehn	[ˈdʁaɪʦeːn]
4	vier	[fiːɐ̯]	14	vierzehn	[ˈfɪʁʦeːn]
5	fünf	[fʏnf]	15	fünfzehn	[ˈfʏnfʦeːn]
6	sechs	[zɛks]	16	sechzehn	[ˈzɛçʦeːn]
7	sieben	[ˈziːbn̩]	17	siebzehn	[ˈziːpʦeːn]
8	acht	[axt]	18	achtzehn	[ˈaxʦeːn]
9	neun	[nɔɪn]	19	neunzehn	[ˈnɔɪnʦeːn]
10	zehn	[ʦeːn]	20	zwanzig	[ˈʦvanʦɪç]

小提醒：學習者常見錯誤，千萬小心以下地雷：
* 數字 6 的德文是 sechs，字母組合 chs 的發音是 [ks]。
* 數字 16 的德文是 sechzehn，字母組合 ch 的發音是 [ç]，不要記成 sechszehn。
* 數字 17 的德文是 siebzehn，字母 b 的發音是 [p]，不要記成 siebenzehn。
* 數字 18 的德文是 achtzehn，字母組合 tz 的發音是 [ʦ]，不要讀成 [ˈaxtʦeːn]。

十 | 德文發音規則複習總表

數字	德文	音標	數字	德文	音標
21	einundzwanzig	[ˈaɪnʊntˌʦvanʦɪç]	31	einunddreißig	[ˈaɪnʊntˈdʀaɪsɪç]
22	zweiundzwanzig	[ˈʦvaɪʊntˌʦvanʦɪç]	32	zweiunddreißig	[ˈʦvaɪʊntˌdʀaɪsɪk]
23	dreiundzwanzig	[ˈdʀaɪʊntˌʦvanʦɪç]	33	dreiunddreißig	[ˈdʀaɪʊntˌdʀaɪsɪk]
24	vierundzwanzig	[ˈfiːɐ̯ʊntˌʦvanʦɪç]	34	vierunddreißig	[ˈfiːɐ̯ʊntˌdʀaɪsɪç]
25	fünfundzwanzig	[ˈfʏnfʔʊntˌʦvanʦɪç]	35	fünfunddreißig	[ˈfʏnfʔʊntˌdʀaɪsɪç]
26	sechsundzwanzig	[ˈzɛksʊntˌʦvanʦɪç]	36	sechsunddreißig	[ˈzɛksʊntˌdʀaɪsɪç]
27	siebenundzwanzig	[ˈziːbn̩ʊntˌʦvanʦɪç]	37	siebenunddreißig	[ˈziːbn̩ʊntˌdʀaɪsɪç]
28	achtundzwanzig	[ˈaxtʊntˌʦvanʦɪç]	38	achtunddreißig	[ˈaxtʊntˌdʀaɪsɪç]
29	neunundzwanzig	[ˈnɔɪnʊntˌʦvanʦɪç]	39	neununddreißig	[ˈnɔɪnʊntˌdʀaɪsɪç]
30	dreißig	[ˈdʀaɪsɪç]	40	vierzig	[ˈfɪʀʦɪç]

小提醒：
* 數字 1 在組成複合數（如 21, 31, 41……）時會使用 ein，而不是單獨使用時的 eins。
* 連接詞 und 的意思是「和、及」，相當於英語的 and。
* 數字 30 的德文是 dreißig，不要記成 dreizig。
* 字母組合 -ig 出現在非重音字尾的發音是 [ɪç] 和 [ɪk] 皆可。

數字	德文	音標	數字	德文	音標
41	einundvierzig	[ˈaɪ̯nʊntˌfɪʁt͡sɪç]	51	einundfünfzig	[ˈaɪ̯nʊntˌfʏnft͡sɪç]
42	zweiundvierzig	[ˈt͡svaɪ̯ʊntˌfɪʁt͡sɪç]	52	zweiundfünfzig	[ˈt͡svaɪ̯ʊntˌfʏnft͡sɪç]
43	dreiundvierzig	[ˈdʁaɪ̯ʊntˌfɪʁt͡sɪç]	53	dreiundfünfzig	[ˈdʁaɪ̯ʊntˌfʏnft͡sɪç]
44	vierundvierzig	[fiːɐ̯ʊntˈfɪʁt͡sɪç]	54	vierundfünfzig	[ˈfiːɐ̯ʊntˌfʏnft͡sɪç]
45	fünfundvierzig	[ˈfʏnfʔʊntˌfɪʁt͡sɪç]	55	fünfundfünfzig	[ˈfʏnfʔʊntˌfʏnft͡sɪç]
46	sechsundvierzig	[ˌzɛksʊntˈfɪʁt͡sɪç]	56	sechsundfünfzig	[ˈzɛksʊntˌfʏnft͡sɪç]
47	siebenundvierzig	[ˈziːbn̩ʊntˌfɪʁt͡sɪç]	57	siebenundfünfzig	[ˈziːbn̩ʊntˌfʏnft͡sɪç]
48	achtundvierzig	[ˈaxtʊntˌfɪʁt͡sɪç]	58	achtundfünfzig	[ˈaxtʊntˌfʏnft͡sɪç]
49	neunundvierzig	[ˈnɔɪ̯nʊntˌfɪʁt͡sɪç]	59	neunundfünfzig	[ˈnɔɪ̯nʊntˌfʏnft͡sɪç]
50	fünfzig	[ˈfʏnft͡sɪç]	60	sechzig	[ˈzɛçt͡sɪç]

小提醒：
* 數字 60 的德文是 sechzig，字母組合 ch 的發音是 [ç]，不要記成 sechszig。

數字	德文	音標	數字	德文	音標
61	einundsechzig	[ˈaɪ̯nʊntˌzɛçt͡sɪç]	71	einundsiebzig	[ˈaɪ̯nʊntˌziːpt͡sɪç]
62	zweiundsechzig	[ˈt͡svaɪ̯ʊntˌzɛçt͡sɪç]	72	zweiundsiebzig	[ˈt͡svaɪ̯ʊntˌziːpt͡sɪç]
63	dreiundsechzig	[ˈdʁaɪ̯ʊntˌzɛçt͡sɪç]	73	dreiundsiebzig	[ˈdʁaɪ̯ʊntˌziːpt͡sɪç]
64	vierundsechzig	[ˈfiːɐ̯ʊntˌzɛçt͡sɪç]	74	vierundsiebzig	[ˈfiːɐ̯ʊntˌziːpt͡sɪç]
65	fünfundsechzig	[ˈfʏnfʔʊntˌzɛçt͡sɪç]	75	fünfundsiebzig	[ˈfʏnfʔʊntˌziːpt͡sɪç]

十 | 德文發音規則複習總表

66	sechsundsechzig	[ˈzɛksʊntˌzɛçt͡sɪç]	76	sechsundsiebzig	[ˈzɛksʊntˌziːpt͡sɪç]
67	siebenundsechzig	[ˈziːbn̩ʊntˌzɛçt͡sɪç]	77	siebenundsiebzig	[ˈziːbn̩ʊntˌziːpt͡sɪç]
68	achtundsechzig	[ˈaxtʊntˌzɛçt͡sɪç]	78	achtundsiebzig	[ˈaxtʊntˌziːpt͡sɪç]
69	neunundsechzig	[ˈnɔɪ̯nʊntˌzɛçt͡sɪç]	79	neunundsiebzig	[ˈnɔɪ̯nʊntˌzɪpt͡sɪç]
70	siebzig	[ˈziːpt͡sɪç]	80	achtzig	[ˈaxt͡sɪç]

小提醒：
* 數字 70 的德文是 siebzig，字母 b 的發音是 [p]，不要記成 siebenzig。
* 數字 80 的德文是 achtzig，字母組合 tz 的發音是 [t͡s]，不要讀成 [ˈaxt͡sɪç]。

數字	德文	音標	數字	德文	音標
81	einundachtzig	[ˌaɪ̯nʊntˈʔaxt͡sɪç]	91	einundneunzig	[ˌaɪ̯nʊntˈnɔɪ̯nt͡sɪç]
82	zweiundachtzig	[ˌt͡svaɪ̯ʊntˈʔaxt͡sɪç]	92	zweiundneunzig	[ˌt͡svaɪ̯ʊntˈnɔɪ̯nt͡sɪç]
83	dreiundachtzig	[ˌdʁaɪ̯ʊntˈʔaxt͡sɪç]	93	dreiundneunzig	[ˌdʁaɪ̯ʊntˈnɔɪ̯nt͡sɪç]
84	vierundachtzig	[ˌfiːɐ̯ʊntˈʔaxt͡sɪç]	94	vierundneunzig	[ˌfiːɐ̯ʊntˈnɔɪ̯nt͡sɪç]
85	fünfundachtzig	[ˌfʏnfʔʊntˈʔaxt͡sɪç]	95	fünfundneunzig	[ˌfʏnfʔʊntˈnɔɪ̯nt͡sɪç]
86	sechsundachtzig	[ˌzɛksʊntˈʔaxt͡sɪç]	96	sechsundneunzig	[ˌzɛksʊntˈnɔɪ̯nt͡sɪç]
87	siebenundachtzig	[ˌziːbn̩ʊntˈʔaxt͡sɪç]	97	siebenundneunzig	[ˌziːbn̩ʊntˈnɔɪ̯nt͡sɪç]
88	achtundachtzig	[ˌaxtʊntˈʔaxt͡sɪç]	98	achtundneunzig	[ˈaxtʊntˈnɔɪ̯nt͡sɪç]
89	neunundachtzig	[ˌnɔɪ̯nʊntˈʔaxt͡sɪç]	99	neunundneunzig	[ˈnɔɪ̯nʊntˈnɔɪ̯nt͡sɪç]
90	neunzig	[ˈnɔɪ̯nt͡sɪç]	100	hundert	[ˈhʊndɐt]

迴響

Clara Lin
西門子數據分析師

　　在異鄉生活與工作，語言是開啟一切的鑰匙。初到德國時，我深切體會到「發音」在溝通中扮演的關鍵角色。幸運的是，我遇見了文祺老師在 YouTube 上的發音課程，不只幫助我提升發音準確度，更讓我對德語聲音的系統有了全面且深入的理解。也謝謝老師在出書之際，邀請我試讀。

　　這本書最大的特色是系統性與結構性兼具。老師將複雜的德文發音規則條理分明地拆解為數個章節，從最基本的音標知識、30 個字母的讀音，到音節、重音、字母組合與外來語的處理，每一章都循序漸進，讓學習者即使沒有語音學基礎，也能漸漸掌握德語發音的邏輯與節奏。

　　此外，我特別欣賞書中豐富的聽力題與知識題，這些練習題不只是簡單的複習，而是幫助讀者從辨音、模仿到應用，將所學真正內化。對於需要在工作場合中開口說德文的我來說，這些訓練極具實用價值。

　　值得一提的是，本書也兼顧數位時代的學習需求，貼心地教導如何在電腦與手機上輸入德文字母，讓我在與德國同事書信往來時能更精確且專業地表達。不論你是用手機學德文還是用筆記型電腦上課，都能無縫銜接。

　　不管你是初學者，還是希望打好語音基礎的進階學習者，我都誠摯推薦這本《德語發音入門課》。它不只是一本文字教材，更是一位沉穩、專業、溫暖的語言夥伴，在你學習德文的路上，給予最穩固的支持。

Fu-Wei Cheng
慕尼黑工業大學（TUM）研究生

在台灣通過德文 A2 考試後，我懷著滿腔熱情來到德國攻讀研究所。然而，雖然我的 program 是用英語授課，但真正踏上德國土地、走進當地語言學校後，我才發現自己在德語發音方面仍有許多盲點。儘管語言學校的老師經常指出我發音不正確，卻始終無法指導我「為什麼錯」以及「該怎麼修正」。

偶然我在 YouTube 上看見了文祺老師的德文發音教學影片，有些我一直搞不清楚的發音細節，透過清晰的講解與實例示範後總算豁然開朗。不只是掌握了正確的發音方式，更重要的是，我第一次真正理解了德語發音背後的邏輯與規則。

如今，文祺老師即將出版《德語發音入門課》，我想誠心推薦給每一位學習德語的夥伴。本書內容架構清晰、系統性強，從母音、子音的音標發音訣竅，到字母組合與音節拆解邏輯，每一章節都搭配實用的聽力題與知識題，幫助讀者不只是「知道」，更能「掌握」正確發音。

文祺老師在課程中也會分享他在德國旅行時的各種趣事。透過沙發衝浪、學校機構、在地教會、國際學生組織等各種管道，文祺老師結識了許多德國人，並在與他們的交流中挖掘出一段段精彩且多元的人生故事。文祺老師將這些採訪到的人生故事融入課程，成為我一直想把德文學好的動力泉源。

後記

　　這裡是德國的 Porta Westfalica，一個人口只有三萬多人的小鎮，但在這座小鎮上卻有一群過去十年來始終和我保持聯繫的德國朋友。無論是 2014 年 12 月時的相識，還是 2023 年 9 月的快閃，相隔九年的兩次到訪，都是我生命裡無限的美好回憶。這裡的寧靜，這裡的純樸，還有一群總是把我當家人招待的朋友，始終讓我在德國有「家」的感受。

　　Porta Westfalica 最大的特色是山丘上的「威廉皇帝紀念碑（德文：Kaiser-Wilhelm-Denkmal）」，上網搜尋中文名就能找到這個景點的 Google 評分。這座紀念碑是整個小鎮的中心，在日常的生活裡，只要是外出上班、採購、吃飯，總能從各個角度望見山上的這座紀念碑。

圖片來源：作者

　　2015 年 1 月 3 日那個寒冷的夜晚，在我即將搭火車離開 Porta Westfalica 之前，寄宿家庭的媽媽 - Claudia 特地開車載我還有一群當地認識的朋友造訪這座紀念碑，可惜 2023 年 9 月再次拜訪時因時間有限，只能短暫待上 20 小時就必須啟程。

　　過去這些年的教學歲月裡，我在課程裡分享了許多我在 Porta Westfalica 的回憶。如果有天你也來到了這個地方，希望你能跟我說。

學完發音規則後

下一步要開始學習文法規則啦！

你，準備好了嗎？

動詞是整句德語的靈魂

也是表達時間、動作和情感的關鍵

在我即將出版的兩本德語動詞文法書中

你將循序漸進地掌握從日常會話到進階表達所需的動詞變化

不再害怕時態、不再糾結人稱

更能靈活運用動詞，讓你的德語開口即自然、落筆即流暢

這不只是文法學習，而是一次真正駕馭德語的啓程

準備好，讓動詞繼續帶你走進德語的世界吧！

國家圖書館出版品預行編目（CIP）資料

德語發音入門課：專為初學者設計的系統化練習，掌握規則就能短時間看字發音！/吳文祺著. -- 初版. -- 臺中市：晨星出版有限公司, 2025.09
　　232面 ; 16.5×22.5 公分. -- (語言學習 ; 48)
ISBN 978-626-420-099-8(平裝)

1.CST: 德語 2.CST: 發音

805.241　　　　　　　　　　　　　　　　114003871

語言學習 48

德語發音入門課

專為初學者設計的系統化練習，掌握規則就能短時間看字發音！

作者	吳文祺
編輯	余順琪
錄音	Hannes Tai（房玄燁）
封面設計	初雨有限公司
美術編輯	點點設計
創辦人	陳銘民
發行所	晨星出版有限公司 407台中市西屯區工業30路1號1樓 TEL：04-23595820　FAX：04-23550581 E-mail：service-taipei@morningstar.com.tw http://star.morningstar.com.tw 行政院新聞局局版台業字第2500號
初版	西元2025年09月15日
讀者服務專線	TEL：02-23672044／04-23595819#212
讀者傳真專線	FAX：02-23635741／04-23595493
讀者專用信箱	service@morningstar.com.tw
網路書店	http://www.morningstar.com.tw
郵政劃撥	15060393（知己圖書股份有限公司）
印刷	上好印刷股份有限公司

定價 360 元
（如書籍有缺頁或破損，請寄回更換）
ISBN：978-626-420-099-8

Published by Morning Star Publishing Inc.
Printed in Taiwan
All rights reserved.
版權所有．翻印必究

｜最新、最快、最實用的第一手資訊都在這裡｜